EL CLUB DE LOS

ESCRITORES CRIMINALES

CARLOS GARCÍA MIRANDA

EL CLUB DE LOS ESCRITORES CRIMINALES

CROSS BOOKS

CROSSBOOKS, 2023
infoinfantilyjuvenil@planeta.es
www.planetadelibrosjuvenil.com
www.planetadelibros.com
Editado por Editorial Planeta, S. A.

Avda. Diagonal, 662-664, 08034 Barcelona

Primera edición: octubre de 2023
ISBN: 978-84-08-26004-2
Depósito legal: B. 13.946-2023
Impreso en España

El papel utilizado para la impresión de este libro es cien por cien libre de cloro y está calificado como **papel ecológico**.

Alguien quiere hacer una segunda parte aprovechando el bombazo de las pelis de asesinatos, así que sigamos las reglas de las secuelas. En primer lugar, el número de cadáveres siempre es mayor. En segundo, las escenas de muertes son más rebuscadas. Más sangre, más gore, dulces de carnicería. Eso es lo que los adeptos piden. Y en tercer lugar, si quieres que se convierta en una franquicia de éxito, nunca, bajo ninguna circunstancia, des por muerto al asesino.

Scream 2

KEVIN WILLIAMSON

1

—¿Qué se siente siendo Ángela?

—Miedo. Sobre todo, miedo.

La periodista escribió en su cuaderno las palabras de Bárbara Andrade. En solo unos días se iba a estrenar la serie de la que era protagonista, *Los crímenes de la Complutense*. Bárbara interpretaba a Ángela, la estudiante de la universidad que mató a su profesor junto con sus amigos del club de lectura. Después de aquello, un payaso asesino fue matándolos a todos, de uno en uno, pero Ángela logró sobrevivir y escribió todo lo que ocurrió en un libro que se convirtió en un superventas. Ahora esa historia real era una serie de ficción que apuntaba a éxito de la temporada. Bárbara era la protagonista de sus ocho capítulos, uno por cada asesinato. No había sido nada fácil hacerse con el papel. Bárbara tuvo que someterse a un eterno *casting* al que se presentaron todas las actrices de su perfil, de las que tienen más encanto que atractivo. Los meses antes de que comenzara el rodaje, se sometió a una intensa preparación en la que intentó entender a Ángela, un personaje que, para su sorpresa, resultó ser de lo más complejo. Para empezar, porque había matado a una persona, Cruzado; el payaso rebautizó al club de lectura como un club de lectores criminales porque en eso se convirtieron al matar a su profesor. Además, Ángela fue responsable, en parte, de todas las muertes que ocurrieron. Si ella no hubiera escrito aquella novela, *La niña de Carrión*, basada en la vida desgraciada de Alicia, nada habría ocurrido.

—Es difícil interpretar a alguien que sabes que existe. ¿Tuviste algún contacto con la verdadera Ángela? —le preguntó la periodista.

Bárbara se movió en la silla, una de esas de tijera con asiento de tela negra y el nombre en el respaldo. Estaban en el mismo plató en el que se había rodado la serie, una enorme nave en la que había réplicas de los escenarios principales en los que tuvieron lugar los crímenes de la Complutense. La fachada de la universidad, la biblioteca, el aula del club de lectura, la residencia, la habitación de Ángela... Todo era falso, de cartón piedra, aunque parecía real. Entre esas paredes móviles, Bárbara y el resto del reparto, todos chicos y chicas jóvenes con K seguidores en Instagram, habían reproducido lo que ocurrió en la Complutense. El acoso de Cruzado; la broma del payaso asesino; la muerte de Virginia; la de Rai; la verdadera historia de Alicia. Casi tres meses de rodaje en los que Bárbara se sintió en el vagón delantero de una montaña rusa de emociones.

—No, no conocí a Ángela. Lo intenté, pero ella no quiso —le explicó la actriz toqueteándose el pelo como hacía siempre.

Llevaba un corte idéntico al de la verdadera protagonista en la época de la Complutense. Ángela y ella eran como dos gotas de agua, un extraordinario parecido que se convirtió en su principal punto a favor para hacerse con el papel.

—Supongo que ya te lo habrán dicho, pero es increíble lo mucho que os parecéis Ángela y tú.

—¡Gracias! Aunque no he conocido a Ángela, sí que he pasado mucho tiempo estudiándola. Me siento muy cerca de ella. Además, somos igual de miedosas.

Lo dijo con frivolidad porque Bárbara era así, aunque sin dejar de imitar la forma de hablar de Ángela. Tenía estudiado el tono en el que pronunciaba cada palabra, las inflexiones de la voz, los movimientos de las manos... Cuando se metía en el papel, era casi una fotocopia de ella.

—Sé que hay un montón de secretismo, pero... ¿puedes decirnos si la historia de Ángela va a continuar?

—Te prometo que no sé si vamos a renovar por una segunda temporada.

—¿La cadena no os ha adelantado nada?

—De veras que no. Lo que sí te puedo asegurar es que yo estaría encantada de volver a interpretar a Ángela. Ha sido una experiencia muy intensa, pero también superdivertida.

Aún no se había estrenado y en Twitter ya había miles de críticas justo por ese motivo. Decían que habían convertido una historia real y dramática, en la que varias personas perdieron la vida, en una serie de terror adolescente llena de puñaladas que se anunciaba como «un *slasher* tan terrorífico como divertido».

—Lo cierto es que parece que la serie está levantando ampollas y creando polémica desde antes de su estreno. ¿Tienes miedo a las críticas? —le preguntó la periodista.

—Me dan bastante más miedo los payasos asesinos —bromeó la actriz mientras miraba sus redes sociales, sin ganas de seguir con la entrevista.

Bárbara le lanzó una mirada a su representante, que llevaba todo el día a su lado, controlando los tiempos de las entrevistas y protegiéndola de preguntas incómodas. Lo de la polémica en torno a la serie lo era. La aburría.

—Lo siento, pero ya no tenemos tiempo para más preguntas —dijo su representante, cortando la entrevista con un lamento impostado.

Bárbara se puso en pie para despedirse con una sonrisa de esas que había aprendido a dibujar en el rostro siendo actriz.

—Qué pena, lo estaba disfrutando mucho —siguió interpretando el papel.

¡Al fin había terminado el día de entrevistas! Bárbara pasó unos minutos recogiendo sus cosas y despidiéndose del equipo, que también se marchaba, con un punto de altiveza. Ella y su representante fueron de los últimos en salir del plató. El de seguridad ya iba a cerrar la puerta.

—No olvides que mañana se estrena el primer capítulo en el festival de Sitges.

—¿Cómo lo voy a olvidar? Tengo un vestidazo colgado en el armario que me lo recuerda.

Se lo había enviado un diseñador con el que solía colaborar. Eso era de las mejores cosas de ser actriz. También los bolsos que le regalaban, como el Gucci que llevaba colgado del hombro en el que vibró su móvil. Acababa de llegarle un whatsapp.

Gabi
No te vayas ahora que esto se ha quedado vacío...
20:12

En la serie interpretaba a Nando, el novio de Ángela. Gabi y Bárbara habían compartido cientos de secuencias durante el rodaje de la serie y no les estaba resultando fácil separarse. Ambos tenían pareja, igual de famosa que ellos, así que esa aventura tenía que ser un secreto. Tampoco tenían muchos reparos morales en que así fuera.

—Me he dejado el cargador del móvil dentro —le mintió Bárbara a su representante mientras volvía a la puerta del plató.

Le insistió en que no hacía falta que la esperara, pediría después un Uber. A pesar de las protestas del de seguridad, que quería cerrar la puerta de una vez, Bárbara volvió al plató. Estaba en silencio, olía a madera y cables, y apenas había luz, solo las de emergencia.

Bárbara
¿Dónde estás? Creía que íbamos a vernos en tu loft después de las entrevistas...
20:16

Gabi
Mi loft está ocupado, sorry.
20:16

Bárbara
No me digas más, están tu novia y su amante...
20:16

Gabi
Jajajaja. Anda, ven...
20:17

Bárbara recibió una fotografía en su móvil. Se veían los abdominales de Gabi y la goma de la ropa interior, blanca y de Calvin Klein, como siempre.

Bárbara
Esa foto ya me la mandaste hace unos días.
Hazte una nueva, no seas vago. Dónde leches estás???
No se ve nada.
20:18

Lo siguiente que le llegó fue su ubicación, que parpadeó en la pantalla cuando Bárbara la abrió en el móvil. Parecía que Gabi estaba solo a unos metros, a la derecha.

Bárbara
Tío, ahí está el despacho de Cruzado... Eres un pervertido.
20:18

En ese despacho Bárbara había interpretado una de las secuencias más incómodas de la serie. Además, ni siquiera sabía cómo llegar hasta allí, apenas había luz y no era fácil orientarse. Todo eso se lo dijo a Gabi en un mensaje de audio. Antes de que se lo enviara, llegó el sonido de las luces de los focos, cargándose para encenderse, hasta que todo el plató quedó iluminado. Bárbara se encontraba en esa falsa entrada de la facultad, aunque la fachada era idéntica a la de la Complutense. Al atravesarla, llegó hasta el inmenso recibidor coronado por una estatua del Quijote empuñando una espada afilada. El arma era real, habían necesitado que lo fuera para que la muerte de Cruzado, al caer por la escalera que desembocaba allí y clavársela, fuera creíble. Bárbara se movió por entre las paredes de mentira hasta recorrer los metros del set que la llevaron al despacho de Cruzado. Abrió la puerta, de esas que chirriaban. No había nadie dentro. Empezó a pensar que, si solo era una broma de Gabi, no tenía gracia. Él sabía de sobra que, a ella, los payasos asesinos le ponían la piel de gallina, por eso le había resultado tan fácil interpretar a Ángela.

Bárbara
¿Dónde puto leches estas?
No tiene gracia.
20:23

Gabi
¡Claro que la tiene! Estoy muy cerca...
20:24

Recibió otra fotografía. Esta vez solo se veía la careta del payaso asesino.

Bárbara
Creía que querías echar un polvo, no acojonarme.
20:25

Gabi
¡Lo siento! Es que se me ha pasado decirte que no soy Gabi ☺
20:25

Lo que hizo Bárbara fue enviarle un mensaje de voz diciéndole que no tenía gracia y que se iba a marchar. Habló asustada y dando pasos hacia atrás. Unos segundos después, llegó la respuesta, también en forma de audio:

—¿Por qué me sigues llamando Gabi?

Esa no era la voz de su amante. Era la de otra persona, distorsionada. Ni siquiera podía reconocer si era de un hombre o una mujer.

Las luces se apagaron. A Bárbara se le escapó un grito de terror. Y otro al sentir que había alguien más en la habitación que acababa de acariciarle el pelo.

—¡¿Quién está ahí?!

A tientas, buscó algo con lo que defenderse. Encontró la botella de Cruzado, con la que bebía en el despacho. Era una versión de atrezo, estaba preparada para romperse en mil pedazos sin hacer ningún daño. Lo recordó cuando se encontró de frente con el payaso asesino y se la lanzó. Antes le miró a los ojos negros de la máscara, con esa sonrisa rota en las comisuras que dejaba ver una boca negra de pesadilla. Olía a azufre, como el infierno. El payaso le mostró el martillo, un sacaclavos de carpintero con dos filos en un extremo y un mazo muy pesado en el otro. No era como los que habían utilizado en el rodaje, de plástico, aunque con una pintura que brillaba como el metal. Este era real y por eso rompió todo lo que golpeó. Bárbara gritó y logró escapar, o tal vez el payaso la dejó hacerlo porque quería alargar el momento para poder saborearlo.

Corrió por los pasillos haciendo el mismo recorrido que hizo Cruzado para escapar de sus asesinos, aunque esta universidad fuera de mentira. Bárbara se escondió detrás de una de las paredes y se tapó la boca para que no se oyera el sonido de su respiración disparada. El payaso asesino cada vez estaba más cerca, Bárbara oía sus pasos. Cerró los ojos cuando estuvo a su lado, deseando que no la encontrara. Lo hizo, el asesino la descubrió y ella intentó defenderse y escapar. Cayó al suelo cuando le lanzó el martillo a la espalda, golpeándola en la nunca.

—No, por favor... ¡Por favor! —le rogó desde el suelo.

El payaso la arrastró tirándola del pelo, con tanta fuerza que le arrancó parte del cuero cabelludo. Los gritos de Bárbara llenaron todo el plató vacío mientras intentaba clavar los pies en el suelo para salvarse. No lo consiguió. El payaso la llevó hasta lo alto de la escalera que terminaba en la estatua del Quijote. La cogió en brazos por la cintura, con una fuerza que parecía sobrehumana.

—No lo hagas... ¡No!

Lo hizo. El payaso la lanzó desde el precipicio de la escalera para asesinarla de la misma forma que el personaje que ella había interpretado acabó con Cruzado. Bárbara gritó mientras caía, hasta que la espada del Quijote la atravesó justo por la boca, rompiéndosela. El filo también atravesó la materia gris de su cerebro y el cráneo. Tardó unos segundos en morir en los que todo su cuerpo convulsionó. Quería gritar, pero ya no tenía vida para hacerlo. Lo último que vieron sus ojos fue la máscara del payaso asesino. Lo último que escuchó fue su risa.

2

—Y así fue como escribí *Los crímenes de la Complutense*. No sé si tenéis alguna pregunta...

Ángela lo dijo frotándose las manos como si tuviera una pastilla de jabón entre los dedos. Lo hacía siempre que estaba nerviosa, le salía de forma automática. Forzó una sonrisa y trató de imaginar que estaba sola y no en una clase llena de estudiantes. Todos habían ido allí para escucharla, por si acaso les contaba cuál era el ingrediente secreto para escribir un libro. Ángela sabía que se sentían así porque no hacía tanto tiempo que ella estaba en clase buscando justo lo mismo. Le costaba creerse que ahora ella estuviera junto a la pizarra y no entre los estudiantes. Que su nombre saliera en los carteles que llevaban semanas colgados por las paredes de la Escuela de Escritura Miguel Delibes: «Masterclass con Ángela Kuntz, autora del bestseller *Los crímenes de la Complutense*». «Masterclass con la reina de la literatura de terror.»

Así la habían bautizado las revistas y los medios especializados al convertirse en una escritora superventas. Ángela sumaba más de quince ediciones de su primer libro. La siguiente impresión estaba a punto de llegar a las librerías, esas en las que antes entraba pensando en cómo se sentiría el día que encontrara un libro con su nombre en la cubierta. Ya era ese día, Ángela estaba viviendo el sueño de cualquier escritor nobel, aunque nunca imaginó que iba a ser el terror lo que le daría fama. En realidad, detestaba ese género, pero no podía rechazar en voz alta lo que la había encumbrado. Estaba condenada a escribir terror.

Todo había ocurrido tan rápido que, a veces, Ángela tenía la sensación de que solo habían pasado unos meses y no varios años desde que dejó de ser solo una estudiante. La época en la que no llevaba el pelo suelto y con algo de rizo, sino que casi siempre acababa con una coleta porque era lo más cómodo para estar todo el día en clase. Cuando vestía vaqueros azules, de los que pegan con todo, zapatillas de esas con puntera de goma y sudadera con capucha, igual que las chicas de la escuela. Solo tenía unos años más, pero ahora se veía algo mayor para todo eso. Esa mañana se había vestido más formal de lo habitual.

—¿Te has puesto el uniforme de escritora? —le preguntó Nando, al verla antes de salir de casa tan arreglada.

Una blusa vaporosa, pantalón negro y botines con tacón. También algo de maquillaje y complementos que la hacían sentirse más segura. Era lo que vestía cuando tenía firmas de libros o algún evento en el que demostrar que realmente era escritora. Nando siempre le decía que lo que tenía que buscar en el armario era el uniforme contra el síndrome del impostor, ese que te puede llevar a pensar que no eres tan bueno en lo que haces, que no mereces el reconocimiento. Que, en cualquier momento, te van a desenmascarar como si fueras el malo de una película de superhéroes.

Ángela no tenía miedo a que la descubrieran como villana, pero sí temía que todos pensaran que no era una verdadera escritora. No tenía mucha lógica, Nando se lo repetía a diario, pero ella se sentía así, quizás porque el libro con el que estaba triunfando no había salido de su imaginación. Los crímenes de la Complutense fueron reales, aunque a veces parecía que solo ella y Nando lo recordaban así. Para el resto del mundo ya sonaba a ficción aquella historia del grupo de estudiantes, amigos de un club de lectura, que le hicieron a su profesor una broma de las del payaso asesino. Una como las de internet, con disfraces y amenazándolo con martillos, aunque a Cruzado lo mataron de verdad. Y luego un payaso asesino fue a por ellos para vengarse, con una careta terrorífica detrás de la que se escondían personas en las que Ángela confiaba. Sus mejores amigos.

Había contado durante casi un par de horas al grupo de estudiantes cómo consiguió convertir su propia historia en un libro con una faja que decía «El mejor libro de terror del año», «Tendrás pesadillas después de leerlo» y «Da miedo porque es real». Ángela había terminado en esa clase por Laura, que tenía el pelo más claro que ella y mucha más seguridad en la voz. Era la coordinadora del curso, se conocieron en una firma de libros, cuando Laura se acercó como una lectora más, aunque luego le habló de la escuela en la que trabajaba y de la posibilidad de que fuera profesora allí. Insistió vía mail hasta que Ángela le dijo que sí, sobre todo porque Laura le había caído bien. No había visto en su mirada algo que últimamente encontraba en todos los que se le acercaban: morbo. Ángela sentía que todos querían hablar con ella, conocerla, solo porque era la superviviente de una masacre. Era algo difícil de explicar, aunque a Nando le pasaba lo mismo, compartía esa misma sensación. Sin embargo, con Laura no le ocurría, todo era mucho más natural. Además, se lo pidió tantas veces, sin que pareciese que fuera a dejar de insistir, que al final tuvo que decirle que sí.

—Muchas gracias por compartir con los alumnos de la escuela tu método de escritura, Ángela —habló Laura desde el fondo del aula cuando el reloj estaba a punto de marcar el final de la clase—. Vamos con las preguntas. ¿Quién quiere empezar?

En la clase se levantaron docenas de manos. Laura les advirtió de que Ángela no iba a poder responder a todos, que ya casi había terminado el tiempo que tenían reservado para la clase. Eligió al azar a una chica con gafas y ropa de colores que contaba su necesidad de llamar la atención. Se llamaba Nerea y aprovechó para explicar a Ángela que ya tenía varios libros en Wattpad, donde acumulaba miles de seguidores.

—Nerea, la pregunta, por favor —la cortó Laura, que sabía de su necesidad de reconocimiento.

—Quería saber si pasaste miedo escribiendo. Bueno, lo que ocurrió fue terrorífico... —le recordó Nerea, con intención.

—En realidad, ya pasé todo el miedo antes, cuando el payaso intentó matarme.

Ángela consiguió que la clase se riera. Se había acostumbrado a hablar de lo que les ocurrió quitándole importancia e incluso bromear sobre ello. Así demostraba que lo tenía asumido. Luego se puso algo más seria y confesó que se había convertido en una autora de terror porque el género le daba miedo de verdad.

—Creo que esa es la clave, ser la primera a la que le aterra su escritura. Solo así conseguirás transmitírselo a tus lectores.

También les contó que había dudado mucho antes de sentarse a escribir *Los crímenes de la Complutense*. Lo que vivió fue de lo más traumático, murieron sus mejores amigos y ella estuvo a punto de perder la vida. Necesitó mucho apoyo psicológico para superarlo y dejar atrás los meses en los que ni siquiera era capaz de salir de casa. Escribir un libro con todo lo que ocurrió podía resultar catártico, eso fue lo que le dijo su psiquiatra, el doctor Jacoby, que fue la persona que más le animó a hacerlo. En cambio, Nando tenía dudas de si sería así. O quizás solo era miedo porque no quería que, al remover el pasado, su novia sintiera que toda aquella sangre aún era el presente.

—Es difícil de explicar, pero creo que al terminar el libro maté al payaso de la Complutense —se sinceró Ángela.

Había convertido toda la ansiedad que le provocaba lo

que vivió, en escritura. Ahora era una autora joven con una prometedora carrera en la literatura de terror, y todo se lo debía a su propio miedo, aunque a veces lo sintiera como una losa.

—Ya sabéis, si alguien está en pleno proceso de ruptura debería dedicarle un libro a su ex —añadió Laura, bromeando, antes de pasar a la siguiente pregunta.

Hubo risas de nuevo en el auditorio mientras el micrófono llegaba hasta otro estudiante. Era Rober, de los más jóvenes de la clase, pero también de los que mejor escribían.

—Se ha rodado una serie basada en tu libro. ¿Has tenido algo que ver con la adaptación?

Estaba a punto de estrenarse en una de esas plataformas que lo convertían todo en un éxito. Un año antes, al poco de que Ángela publicara el libro, una productora compró los derechos de la adaptación audiovisual. Lo hizo porque, en realidad, pertenecían a la editorial y podían venderlos sin ni siquiera consultárselo a Ángela. Una historia de universitarios asesinados por otros universitarios con mucha sangre y algo de comedia de esa que siempre acompaña al género de terror, así le contaron que sería la adaptación los productores en la primera y única reunión que tuvo con ellos. Como le dijo el abogado con el que Ángela lo consultó, la historia real era de dominio público y la iban a rodar igualmente. Lo mejor que podía hacer para asegurarse de que se ceñían a su versión era dejar que se basaran en su novela. Ángela se puso furiosa, intentó detenerlo, acabó asumiendo que no iba a conseguirlo, aceptó el cheque y se prometió que ni siquiera vería la serie.

—No he estado metida en la adaptación —respondió Ángela, intentando que no se le notara lo que de verdad tenía en la cabeza—. Solo sé que ha habido algunos cambios con lo que ocurrió en realidad, pero estoy segura de que han hecho un buen trabajo y será una gran serie.

Mintió, como se había propuesto hacer cada vez que tuviera que hablar de la serie en público, para no abrir polémica. Además de escritora, ahora Ángela era un blanco fácil en las redes sociales que mantenía por consejo de su editora, Irene. Estar en ellas era importante para charlar con sus lectores y mantener las ventas del libro, aunque de vez en cuando tuviera que esquivar los zarpazos de los *trolls*. Del tema de la serie no se pronunciaba, ni en redes ni en persona, porque lo último que le apetecía era tener que dar explicaciones con posibilidades de tergiversarse en los periódicos. Por eso sonrió y buscó entre las manos del público la siguiente pregunta.

—Os recuerdo que estamos en una escuela de escritura, no de cine y televisión —añadió Laura, antes de continuar.

Había notado el nerviosismo de Ángela, que le agradeció el capote con una sonrisa rápida mientras bebía de nuevo del vaso de agua.

El micrófono se movió por entre los asientos hasta que le llegó a Bahía, una chica alta y estilizada, que se puso en pie para hacer la pregunta. Era influencer, aunque quería que la tomaran en serio por su forma de escribir y estaba dispuesta a conseguirlo con su segundo libro. Por eso le preguntó:

—Has dicho antes que estás trabajando en tu segundo libro. ¿Puedes contarnos cómo está siendo el proceso? A mí me está costando sacar el mío.

—Bueno, tengo algunas partes escritas de la novela, pero prefiero no hablar aún de ella —mintió Ángela de nuevo.

Lo que tenía era un generoso contrato con la editorial y solo unos meses para terminar de escribirla. La única condición que Irene le puso fue que siguiera escribiendo terror, eso era lo que sus lectores estaban esperando. Ángela no había sido capaz de pasar de las primeras páginas. No se sentía capaz de dar con una buena historia, algo que, además de asustar, mereciera la pena contarse. Su mismo dilema de siempre, en eso Ángela no había cambiado por mucho tiempo que hubiera pasado.

—¿No te has planteado una continuación de *Los crímenes de la Complutense*? —le preguntó Laura.

—Estoy esperando a que muera alguien para poder escribir la segunda parte —bromeó Ángela.

El público volvió a reírse, aunque a algunos les pareció de lo más inapropiada una respuesta así. Por ejemplo, a Prada, uno de los alumnos estrella de la escuela que escribía terror y consideraba que ni Ángela ni su libro tenían suficiente calidad para entrar en esa categoría.

—Solo tenemos tiempo para una última pregunta —dijo Laura, que eligió una de las manos levantadas, al fondo del aula—. Unax, adelante.

—¿Sigues estando loca o se te ha pasado?

Ángela se fijó en la mirada del chico, que llevaba el cuerpo lleno de tatuajes. El del cuello decía «RedRum», lo mismo que se leía en la puerta de la habitación sangrienta de *El resplandor*, la novela de Stephen King.

—¿Te refieres a que Ángela desarrolló coulrofobia, fobia a los payasos? —preguntó Laura, antes de abroncarlo porque llamarla loca era ofensivo.

A Ángela le llegaron risas y murmullos de una pareja desde la primera fila que decían que Unax lo estaba preguntando para saber si a él se le iba a pasar la suya propia. También decían «ese tío es un pirado», «a mí me da mal rollo» y «a saber qué tiene en la cabeza».

—No te preocupes, no me ofende —contestó Ángela, restándole importancia.

Habló con naturalidad de lo terroríficos que eran los payasos asesinos de internet, los mismos que empezaron toda esa historia, y de John Wayne Gacy, el asesino en serie que se disfrazaba de payaso y enterraba en su jardín a los niños que mataba. También de que la imagen del payaso estaba asociada a la del terror, era casi un miedo innato que, en su caso, acabó superándola. Al ver un payaso, la ansiedad empezaba a recorrerla desde las puntas de los dedos hasta llegar a la garganta y ahogarla, aunque hacía mucho tiempo que ya no le ocurría. Todo gracias a la escritura.

—Estuve en tratamiento por la coulrofobia. Creo que era algo que siempre había tenido dentro, pero lo que ocurrió terminó por sacarlo a la superficie. Pero ya está enterrado. Como decía antes, escribir puede curar.

Laura aprovechó la frase para cerrar el debate hablando de todo lo que podía llegar a dar la escritura a esos chicos y chicas que habían asistido a la clase. Después, le dio las gracias a Ángela, que respondió diciendo que «ha sido un placer, de veras, y cuando queráis repetimos». Lo siguiente iba a ser el aplauso, pero una chica que había conseguido el micrófono aprovechó el momento para preguntar algo más:

—Una última cosita, Ángela. ¿Crees que Alicia está viva?

Era Carola, la más descarada de la clase. Divertida, sí, pero también con un punto de insidia. Otra vez hubo rumores en clase, de gente que decía que ellos también habían leído esas noticias, las que contaban que nunca se encontró su cadáver y que podía estar viva. Laura repitió que no tenían más tiempo y le pidió disculpas a Ángela en voz baja, pero ella le aseguró que prefería responder.

—Tranquila, no pasa nada —dijo Ángela con una sonrisa.

El público esperaba la respuesta con un silencio de esos que hablan. Tenían justo esa expresión de morbo de la que Ángela intentaba escapar.

—Alicia no está viva. Murió. Lo dejo muy claro en mi libro.

Así se llamaba la chica a la que le robó su historia, la niña de Carrión. Luego cambió su nombre por el de Virginia, encontró la manera de entrar en la vida de Ángela y se convirtió en una asesina que se tomó su venganza escribiendo junto a Sebas una novela terrorífica de la que era la protagonista. Alicia fue el origen de los asesinatos de la universidad.

—Pues en redes dicen que tú la viste —insistió Carola—. Y lo de la muerte de Eva suena bien raro.

Las redes sociales, algunos periódicos y diveresos programas de televisión, de esos con tendencia al color amarillo, pasaron meses insistiendo en que el caso de los crímenes de la Complutense no debía cerrarse. Había contradicciones en los testimonios. Lo que más dudas despertaba era el hecho de que la policía no había sido capaz de encontrar los restos de Alicia entre los de las víctimas. Unos días después de que la noticia saliera a la luz, Eva apareció muerta en su habitación de la residencia. Fue un suicidio, ya había tenido problemas antes y lo que ocurrió en la Complutense terminó por superarla, pero muchos se encargaron de contar en redes sus sospechas de que, en realidad, la había matado Alicia. También corrió el rumor de que la chica de Carrión había vuelto a buscar a Ángela para cobrarse venganza, algo que ella negaba.

—Si hubiera visto a Alicia con vida, yo misma habría ido corriendo a contárselo a la policía. Te aseguro que soy la primera que quiere verla encerrada —le respondió a Carola, sin perder la compostura.

Lo que no dijo fue que los meses después de que la Complutense se convirtiera en una carnicería, en su cabeza todo era borroso y su mente le jugó malas pasadas. Las peores imágenes fueron aquellas en las que veía a Alicia a su alrededor como si aún estuviera viva. Le ocurrió por primera vez cuando Eva le envió aquel artículo que contaba que tal vez la chica de Carrión seguía viva. Ángela vio el reflejo de Alicia en la pantalla del ordenador, tras ella. Gritó, hasta que comprendió que solo era un reflejo de su miedo a que siguiera viva.

En parte, Nando y Ángela se fueron a vivir a Barcelona para escapar de ese pasado que ella creía que podía volver a perseguirlos. También del acoso de los periodistas, de las constantes llamadas pidiendo una entrevista con los supervivientes de los crímenes de la Complutense. Ángela quiso esperar a publicar su libro para dejar clara su versión de lo ocurrido: Alicia estaba muerta y todo lo demás eran solo eso, leyendas urbanas. Lo repitió ahora en la clase, mostrándose convencida y firme:

—Alicia murió. Y su muerte fue una desgracia.

Hacía tiempo que Ángela había dejado de considerarla una asesina. Había comprendido que Alicia era una víctima más, primero dominada por la mente enferma de su madre y después por la de Sebas. O quizás solo lo veía así porque se sentía culpable de su locura y no se atrevía a reconocer que lo que ella hizo al escribir «la niña de Carrión» fue dar a luz a una asesina.

—Ahora sí que tenemos que dejarlo aquí. —Laura marcó el final de la clase poniéndose en pie—. Vamos a darle un aplauso muy fuerte a Ángela Kuntz, autora de *Los crímenes de la Complutense*.

Ángela se sintió algo avergonzada como siempre que la aplaudían. Después de eso, algunos alumnos se acercaron para que les firmara el libro. Fueron más de los que esperaba, aunque no se atrevió a cortarlo hasta que Laura lo hizo por ella. Se los quitó de encima de esa forma en que hablan los profesores, dando palmadas. Cerró también el ordenador, despidiendo antes a los alumnos que habían seguido la clase vía *online*. Cuando se quedaron a solas, volvió a darle las gracias a Ángela por haber ido y también le pidió perdón por lo que había pasado:

—Siento que las preguntas no hayan sido más... literarias.

—Tranquila, estoy acostumbrada.

Habló con Laura de lo que suponía ser autora de hechos reales mientras la acompañaba hacia la salida de la escuela. Los pasillos no habían tardado mucho en vaciarse y el único sonido era el de sus pasos, que parecían perseguirlas.

—Se te da bien, lo de hacer de profesora. ¿Nunca has pensado en dedicarte a la enseñanza?

Claro que lo había pensado. Ángela siempre decía que su

vida ideal sería una en la que diera clases por las mañanas y escribiese por las tardes, pero todo lo que había pasado con el libro no la dejaba tomarse ese plan demasiado en serio. Al escucharlo, Laura optó por proponerle seguir colaborando.

—Desde la escuela organizamos un retiro para escritores todos los trimestres, por temáticas. Elegimos a los mejores alumnos con propuestas de novelas y los mandamos con un escritor a un lugar sin distracciones. Una semana de clases y escritura intensiva. El caso es que mi jefa, la directora de la escuela, quiere que participes. ¿Cómo te suena?

—Increíble, es justo lo que necesito para terminar mi nuevo libro. ¿Puedo enviarte mi propuesta de novela?

Lo dijo en broma, como si Laura no le estuviera ofreciendo que fuera la profesora invitada del próximo encuentro.

—Hace tiempo que queremos hacer un retiro para autores de terror. Serías la profesora perfecta para acompañar a los alumnos.

La propuesta de Laura la halagaba, aunque se sentía demasiado insegura para hacer algo así. Además, no era experta en terror, eso solo era una etiqueta que le había puesto la crítica literaria. Eso no se lo dijo, pero sí que tenía mucho lío con la nueva novela y las firmas pendientes, que faltaba poco para el Día del Libro y seguro que desde la editorial la hacían participar en alguna charla. Nada de eso consiguió que Laura se diera por vencida.

—No creo que mi jefa se vaya a rendir... Dime solo que te lo vas a pensar —le pidió Laura, que insistió en que allí tendría tiempo también para escribir su libro entre clase y clase.

—Vale, lo pensaré —cedió Ángela.

—Y yo te convenceré. No me conoces mucho, pero a pesada no me suele ganar nadie...

Ángela le sonrió y se lo agradeció de nuevo. Laura le caía bien, tanto como para que pudieran ser amigas, y no tenía muchas desde que se había mudado a Barcelona.

—¿Te importa si antes de irme paso un segundo al baño?

Estaba al fondo a la derecha, como en todas partes. Al entrar, a Ángela le golpeó en la nariz el olor de los productos de limpieza. Se aseguró de que no había nadie en las cabinas mientras rebuscaba en su bolso. Lo hacía con un punto de ansiedad en las manos, de esa que podía llegarle hasta la garganta. Antes de que pudiera encontrar lo que buscaba, se miró en el espejo. Lo que vio hizo que sus ojos temblaran y el corazón se le acelerara.

Un payaso asesino.

3

SE ESTRENA LA SERIE
LOS CRÍMENES DE LA COMPLUTENSE

La plataforma de *streaming* lanza la adaptación de la historia real de los crímenes que ocurrieron en la universidad

Vertele. Marta Yáñez (2 de abril de 2022)

(INCLUYE *SPOILERS*)

Ángela, Nando, Sebas, Sara, Rai, Eva, Koldo y Virginia, ocho estudiantes de la Universidad Complutense, fueron los protagonistas de un terrible crimen ocurrido en la Facultad de Letras de la universidad madrileña. Antonio Cruzado, uno de sus profesores, sufrió una macabra broma por parte de ese grupo de alumnos que seguía la tendencia de los payasos asesinos de internet. Hace unos años se popularizaron vídeos en redes sociales en los que se grababan reacciones de personas al toparse con un payaso asesino en lugares oscuros y desiertos como aparcamientos o parques. Grabaciones que se convirtieron en virales al mismo tiempo que proliferaban las cuentas en Instagram protagonizadas por payasos asesinos que subían terroríficas fotografías y jugaban con la posibilidad de que su identidad fuese real. Toda una mitología que sirvió de inspiración para esos ocho alumnos, que compartían pasión por el terror al formar juntos un club de lectura en la universidad dedicado a Stephen King. Disfrazados de macabros *clowns*, acosaron al profesor por la facultad vacía, hasta que un accidente le llevó a morir de forma violenta. Los protagonistas del crimen decidieron guardar en secreto el crimen que habían cometido, pero una cuenta de Instagram, @PayasoUCM, empezó a amenazarlos. Las muertes en el grupo se fueron sucediendo al mismo tiempo que el misterioso payaso las relataba en una novela publicada *online* en la plataforma Wattpad y que terminó con el crimen de uno de los implicados a plena luz del día en la Feria del Libro de Madrid. Debajo de la careta del payaso se encontraban varios protagonistas del grupo. Asesinaron a sus compañeros bajo el móvil de la venganza contra su principal víctima, Ángela, que resultó ser una de las pocas supervivientes.

Esta es la historia real de los crímenes de la Complutense, convertida ahora en una serie de ficción que aspira a ser el éxito de la temporada. Elementos para conseguirlo no le faltan ya que aquellos crímenes dejaron muchos interrogantes abiertos que nunca llegaron a resolverse. Los recursos presentados por la acusación fueron desestimados cuando el fallecimiento del profesor se declaró muerte accidental. Tiempo después, Ángela publicó *Los crímenes de la Complutense*, un relato basado en los hechos reales en el que narró su versión de lo ocurrido. El libro, un superventas que no deja de agotar ediciones, sirve de base para la serie tras haberse adquirido los derechos para la adaptación. Sin embargo, la escritora no ha estado involucrada en el desarrollo de la serie, que se aleja del tono original. La serie apuesta por el estilo *slasher*, género en el que un asesino enmascarado acaba con sus víctimas de la forma más violenta posible. *Scream*, *Sé lo que hicisteis el último verano* o la saga de *Halloween* entran dentro de esta categoría adorada por los fans del terror y de la que ahora se estrena esta versión patria. En *Los crímenes de la Complutense*, el payaso asesino que acosa al grupo se convierte en el verdadero protagonista de una historia con todas las convenciones del género, en la que los miembros del grupo van muriendo mientras intentan averiguar quién se oculta tras la máscara. Una serie que este medio ha podido ver en el pase exclusivo para prensa y que de seguro convencerá a los fanáticos del género. Sus personajes, la iconicidad del asesino a través de la máscara del payaso y su martillo, el entorno de la universidad y una trama que genera enganche, son las garantías de un éxito que no siempre se mantiene fiel a lo que realmente ocurrió.

«Queríamos contar la historia real, pero necesitábamos adaptarla a imágenes y a la narrativa de la ficción. Eso ha supuesto tener que simplificar algunos de los hechos, aunque el espíritu de lo ocurrido se mantiene», justifica Miranda Mayo, productora ejecutiva del proyecto. Para empezar, se han eliminado todas las referencias a Stephen King por temas de derechos. Los asesinos ya no tienen la literatura del maestro del terror como referente al cometer los crímenes. Otro de los principales cambios es quiénes están detrás de la careta del payaso. Sara, una de las que resultó encontrarse entre los asesinos, en la serie solo es una víctima que pierde la vida en el último tercio de la ficción, igual que Eva. Sí se mantiene a Sebas como asesino principal, junto a Virginia (Alicia, en realidad), aunque en la serie ella muere quemada en los sótanos de la facultad, asesinada por Ángela, y queda abierta la posibilidad de que siga viva a través de un final que, si bien puede interpretarse como una alucinación, también puede que dé pistas de la posible continuación. En esa solo repetirían los únicos supervivientes, la pareja protagonista formada por Ángela y Nando. Son algunos de los muchos cambios que se encuentran en una adaptación que ha optado por el entretenimiento, rebajando el peso dramático de los personajes, que, en ocasiones, se muestran autoconscientes de sus características como clichés del género. «Los personajes son la clave de todas las historias, así que hemos adaptado sus personalidades a lo que requería la ficción. No son iguales que los nombres que los inspiraron porque la realidad no siempre funciona al llevarla a la pantalla», asegura la productora de la serie. Eso se traduce en un *casting* potente, lleno de caras muy atractivas que apuesta por la diversidad racial y sexual, marca de la casa. «Queríamos ofrecer un relato auténtico, pero no la verdad. A fin de cuentas, ¿cuál es, la verdad?», asegura la principal responsable de la serie de ocho capítulos.

Los crímenes de la Complutense va claramente dirigida al disfrute del público joven, busca la complicidad del espectador y el fenómeno fan. Lo cierto es que tan solo el anuncio de la serie ya ha despertado un enorme *hype* en redes sociales. Habrá que esperar al estreno, a finales de la próxima semana, para saber si realmente es un éxito. Por el momento, lo que ya ha ganado es el morbo.

Ángela despegó los ojos del móvil en el que estaba leyendo el artículo sobre el estreno de la serie. La hizo volver en sí el aviso por megafonía que anunciaba que el metro iba a llegar a la siguiente estación. Le temblaban las manos, a pesar de la medicación. Hacía ya unas semanas que se había despertado con un punto de ansiedad en el pecho. No muy fuerte, pero sí lo suficiente para que empezara a ponerse en alerta. La noche antes había visto por primera vez el tráiler de la serie basada en su libro, estaba convencida de que la ansiedad le había vuelto por eso. A Nando no se lo dijo, pensó que se le pasaría y no quería preocuparlo. Además, él nunca estuvo muy a favor de que escribiera *Los crímenes de la Complutense* porque temía que, al hacerlo, le volviera la coulrofobia. Justo lo que estaba pasando.

Después de lo que ocurrió, tardó meses en dejar de ver payasos asesinos que solo estaban en su cabeza, aunque ella escuchara hasta su respiración bajo la máscara. Lo consiguió gracias a la medicación psiquiátrica y la terapia psicoanalítica con la que intentó enterrar todo lo ocurrido en la universidad. Cuando la ansiedad dejó de ser lo primero en lo que pensaba al despertarse, le quitaron la medicación y empezó a escribir el libro. Su psiquiatra creía que estaba preparada y que escribir podría ayudarla a matar al payaso para siempre. En cambio, Nando tenía miedo de que ocurriera justo lo contrario. Llenar páginas con toda aquella historia supondría revivirla. Recorrer de nuevo las facultades de la universidad, el aula del club de lectura y la sangre de los muertos. Ángela le convenció de que, en realidad, escribir sería un ejercicio catártico que le ayudaría a superarlo. Acertó, así fue como se sintió cuando la terminó. La ansiedad y los payasos asesinos habían desaparecido. Volvió a sentir algo de nervios cuando la novela llegó a las librerías y tuvo que hacer las primeras entrevistas, y también antes de participar en alguna sesión de firmas, pero siempre mejoraba a lo largo del día. Hasta que de nuevo el miedo que Ángela creía tener atado se soltó. Llevaba días sintiendo ansiedad, y otros tantos tomando de nuevo la medicación. La culpa la tenía la serie.

Uno de los motivos por los que Ángela decidió escribir *Los crímenes de la Complutense* fue que la única versión que se recordara de lo que ocurrió fuese la verdad. La serie traía cambios en la historia para convertir los crímenes en un espectáculo y Ángela sabía que se iban a jugar las cartas de los posibles sospechosos; la más alta de todas ellas era la que marcaba que Nando pudiera parecer el asesino. De todos los sentimientos que le recordaban lo ocurrido, la desconfianza hacia el chico del que estaba enamorada era el que Ángela más temía revivir. Le hacía sentir muy culpable, y la culpa en ella siempre se traducía en ansiedad y coulrofobia (una de las conclusiones a las que había llegado en la terapia). Además, sabía que en la serie también iban a jugar con la posibilidad de que Alicia siguiera viva. Ese era su otro miedo, y el más real de todos. Por mucho que lo negara en la escuela, nunca llegaron a encontrar los restos mortales de Alicia, y sí, podía estar viva. Eso era lo que estaba escrito en el expediente policial del caso.

—Si de verdad siguiera viva, ya habría vuelto a por nosotros.

Se lo decía Ángela a Nando cientos de noches, cuando ya habían apagado la luz y tenían que abrazarse porque el miedo amenazaba con volver, recorriendo su cuerpo desde la punta de los dedos hasta el pecho. En realidad, Ángela se decía esa frase a sí misma. Necesitaba creer que Alicia estaba muerta, aunque supiera que había una posibilidad de que no fuera así. Esa chica ya había esperado años para torturarla, todos los que pasaron desde que vivía en Carrión hasta que mató a sus amigos en la universidad. Ahora podría estar haciendo lo mismo, preparando el borrador de una nueva novela en la que Ángela fuera otra vez la protagonista. Un libro de terror con muertes reales. Ese miedo hacía que todos esos payasos encerrados en su cabeza, cuando se quitaban la careta, tuvieran siempre el rostro de Alicia. Parecía tan real...

En cualquier caso, Ángela había aprendido a disimular sus miedos. Solo el doctor Jacoby sabía que los payasos asesinos estaban de nuevo danzando en su mente. Para el resto del mundo, Ángela era una superviviente que había sido capaz de acallar sus fantasmas convirtiéndose en la reina del terror de la literatura. Era así incluso para Nando, aunque cada vez le costara más mentirle.

Ángela trataba de convencerse de que ese nuevo brote de coulrofobia no tenía tanta importancia, que era normal después de todo lo que había vivido, y que pasaría cuando bajara la fiebre por el estreno de la serie y se hablara menos de ella. Se había prometido a sí misma que iba a seguir haciendo su vida de siempre, aunque fuera con el miedo metido en el cuerpo. Por eso fue a dar la clase a la escuela que la había llevado a buscar en el bolso una pastilla de Clozapina, sin encontrarla porque había dejado la medicación para la coulrofobia escondida en el armario, donde Nando no pudiera verla. Al menos, su novio no estaba con ella. Cada vez se le hacía más difícil disimular delante de él.

Nando
¿Qué tal ha ido en tu clase?
20:18

Ángela
Bien! Menos por lo de que esperaban a una escritora y he ido yo...
20:18

Nando
Te pondría Jajajaja si no fuera porque sé que lo crees de verdad... ¿Te queda mucho para llegar?
20:19

Ángela
Estoy en el metro, dos paradas...
¿De dónde habrán sacado esta foto?
www.todoseries.es/personajescrimenescomplutense
20:19

Nando
¿No habíamos quedado en que nos íbamos a olvidar de todo lo de la serie?
20:20

Ángela
Está olvidado, solo me ha saltado en el móvil...
20:20

Nando
Anda, deja de googlearnos...
¿Pedimos sushi para cenar?
20:21

Aún faltaban unas cuantas paradas de metro para llegar a Poblenou, el barrio de Barcelona en el que vivían desde hacía ya un año. A Nando le había salido un trabajo en la ciudad, era una buena oportunidad, y a Ángela le pareció bien alejarse un tiempo de todo lo ocurrido en la Complutense. No parecía que lo hubiese conseguido; sentada en el fondo del vagón buscaba en internet en el móvil «crímenes universidad estreno serie». Encontró un artículo, el que le había pasado por WhatsApp a Nando, que incluía fotos de los actores de la serie y las personas a las que interpretaban. Bárbara Andrade salía junto a Ángela, en la época de la universidad, cuando aún llevaba coleta y los ojos le brillaban mucho más. No estaba segura, pero le sonaba que aquella foto la había hecho alguno de los del club de lectura. Quizás la subió a redes y por eso ahora estaba en la prensa. A Ángela siempre le sorprendía encontrar imágenes suyas en internet que ni recordaba. Sentía que una parte de su vida, la más dolorosa, era demasiado pública. En parte, por su culpa.

Ángela dejó el móvil al darse cuenta de que el hombre que iba sentado a su lado la miraba. Grueso, de piel blanquecina, sobre todo en el rostro, llevaba ropa que olía a humedad. Le había descubierto echando una mirada de reojo al teléfono mientras leía lo de la serie, y luego otra a ella, como para confirmar que era la misma persona de la foto a pesar del cambio de peinado y el maquillaje. Incómoda, guardó el teléfono en el bolso, sacó la tarjeta de transportes para tener algo en las manos y fue hasta la puerta del vagón, como si la próxima parada fuera la suya. Los altavoces anunciaban que en menos de un minuto entrarían en la estación. Vio en el reflejo del cristal de la puerta que el hombre de rostro blanquecino estaba tras ella. Tragó saliva e intentó tranquilizarse frotándose las manos. El metro tomó una de esas curvas que hacen que los cables que lo guían suelten chispas. También hizo que las luces se fundieran durante un segundo dentro del vagón. En esa ráfaga de oscuridad, Ángela vio en el cristal al hombre, pero ahora llevaba la máscara del payaso asesino. Gritó. Al volver la luz, seguía tras ella, aunque ya no vestía la careta.

—¿Estás bien, niña? —le preguntó una señora que también esperaba junto a la puerta la llegada del tren a la estación.

No llegó a contestarla, Ángela podía sentir cómo todo el vagón hablaba de ella. Se preguntaban «quién ha gritado», «esa chica de ahí», «le pasa algo», «parece que está muy nerviosa». Pasaron segundos de esos que son como horas, el tren se detuvo y las puertas se abrieron. Ángela salió del vagón abrazándose a su cuerpo. Respiró todo lo que pudo, con los ojos cerrados. Dejó de notar el corazón en la boca cuando el metro ya se había marchado. Abrió los ojos y descubrió que en el andén solo quedaba una persona. Estaba tan solo a unos metros.

El hombre de rostro blanco.

Ángela escapó, pero sin correr para que no notara que el pánico estaba aplastándola. Cruzó los dedos al entrar en el pasillo, de paredes de azulejos y techos bajos iluminados por fluorescentes, como si eso fuera a hacer que dejara de encontrarse sola. El nuevo camino estaba igual de vacío que el andén. Caminaba perseguida por los pasos del hombre, firmes y pesados. Se escuchaba tap, tap, tap. Se esforzó en no mirar para evitar que viera el miedo en sus ojos, aunque dejó de conseguirlo cuando llegó a las escaleras mecánicas. Seguía persiguiéndola. Ángela subió los peldaños de dos en dos hasta que no pudo más y echó a correr. Logró volver a respirar al llegar al descansillo en el que se cruzaban varias líneas de metro y encontrar gente. Caminó entre los viandantes, intentando perderse. No lo consiguió.

—Espera, chica...

Se lo dijo el hombre de rostro blanco que trataba de alcanzarla. Durante un segundo, al girarse, Ángela volvió a verlo con la máscara del payaso asesino. Gritó y se abrió paso entre los viajeros a empujones, justo como lo hacía la ansiedad en su cuerpo. No se detuvo hasta que logró salir del metro, sin darse cuenta de que había perdido la tarjeta de transportes. La tenía ese hombre de rostro blanco, eso era lo único que quería decirle. Que se le había caído en el vagón y quería devolvérsela. Cualquier otra versión más terrorífica estaba solo en la cabeza de Ángela, que no oyó el aviso del móvil del mensaje que Nando le envió. Tampoco las llamadas que le hizo después.

Nando
Ángela, qué ha pasado???
No estabas solo a dos paradas? Te estoy esperando en casa...
21:50

Nando
Ángela, te he llamado mil veces. Contesta. ¿¿Qué te ha pasado??
22:20

Ángela
Nando, estoy en la comisaría. La policía quiere hablar contigo.
00:30

4

Nando bajó la escalera del edificio de dos en dos. Subió de un salto en la moto, aparcada junto al portal, la arrancó y echó a correr por las calles. Se veía la playa al fondo y el aire olía al mar por la noche. Aprovechó los semáforos para llamar a Ángela, que le contestó a la tercera solo para decirle que estaba bien, en una comisaría del Eixample, pero no quiso contarle más. Mientras iba hacia allí, tirando del puño todo lo que podía, Nando recordó que se había dejado las velas encendidas. Tampoco había guardado la cena en la nevera, sushi de su japonés favorito de Barcelona, la ciudad a la que se habían mudado porque el dueño del bar de copas en el que Nando trabajaba en Madrid, Campus, le ofreció estar al frente de un nuevo local en Poblenou. Una de esas cafeterías en las que las tazas son botes vacíos de mermelada, a las magdalenas las llaman *muffins* y las mesas tienen enchufes para trabajar con el portátil. Para Nando era una buena oportunidad, sobre todo porque cambiar el trabajo nocturno por el diurno le dejaba tiempo para escribir. Hacía meses que guardaba un documento en el ordenador portátil que aspiraba a convertir en un libro.

—¿De qué trata? ¿Está relacionado con lo que os ocurrió? —le preguntó a Ángela su editora, Irene, al saber que su novio también escribía.

—Creo que no, pero tampoco te lo puedo asegurar. No me ha dejado leer ni una sola línea...

Hacía ya tiempo que Ángela había asumido que Nando siempre tendría secretos. Ese libro que escribía por las noches se había convertido en uno más.

—Mi novia me ha dicho que está aquí, pero no sé qué ha pasado —habló al *mosso* que lo recibió en la entrada de la comisaría.

—Tranquilo, chico. ¿Cómo se llama?

Nando le dijo quién era ella, quién era él y le preguntó por qué habían detenido a su novia. A cada explicación vaga que recibía, iba perdiendo más y más los nervios.

—¡Quiero ver a mi novia! ¿Por qué la habéis detenido?

—Nando, nadie ha detenido a Ángela.

Se lo dijo la agente Novoa, del Departamento de Homicidios. Se conocían desde lo de la Complutense, ya que había sido la encargada de llevar a cabo toda la investigación. Le había interrogado tantas veces que Nando podía reconocerla solo por el olor del café que siempre llevaba en la mano, americano doble. Tampoco había olvidado su mirada de desconfianza.

—Agente Novoa... ¿Qué ha pasado?

No era su ciudad, ni su comisaría. Si Novoa estaba allí, es que había ocurrido algo grave. Y tenía que estar relacionado con los crímenes que los unieron en el pasado.

—¿Ángela está bien?

—Sí, lo está. Solo queríamos hablar con ella.

—¿Qué ha ocurrido?

No se lo dijo, pero tampoco lo trató con tanta suspicacia como en el pasado.

—¿Por qué no te sientas un rato en la sala de espera, Nando? Enseguida terminamos.

Nando sabía que no iba a servir de nada que insistiera, así que optó por acatarlo. Además, tenía la mirada de los otros *mossos* encima. Se sentó en un banco frío y buscó en el móvil alguna explicación. No lo hizo en los mensajes de Ángela, sino que abrió internet. Si había ocurrido algo tan importante como para que Novoa estuviera allí, ya tendría que estar en las redes sociales, o en la prensa. Se movió con los dedos por la pantalla hasta que encontró el titular que buscaba.

HALLADO EL CADÁVER DE LA ACTRIZ
BÁRBARA ANDRADE

La joven protagonizaba la adaptación
de *Los crímenes de la Complutense*

Agencia ESE. Esta madrugada se ha encontrado el cuerpo sin vida de Bárbara Andrade, de veinticuatro años. La actriz ha sido hallada muerta por un empleado de seguridad en el plató de la serie que protagonizaba, *Los crímenes de la Complutense*. La historia adapta los asesinatos reales ocurridos hace unos años en la universidad madrileña, en los que un grupo de estudiantes fueron asesinados por varios de sus compañeros. Bárbara interpretaba a la principal superviviente, Ángela Kuntz. La llegada de la comisión judicial que procedió al levantamiento ocurrió a las 08:00 AM, aunque las primeras investigaciones apuntan a que la muerte tuvo lugar la noche anterior. La actriz se encontraba en plena promoción de la serie y ese día había acudido al plató a realizar las entrevistas promocionales. Los indicios recogidos hasta el momento apuntan a un posible accidente, aunque se ampliará la información cuando los datos sean más concluyentes.

Bárbara Andrade se licenció en arte dramático en el Institut del Teatre de Barcelona en el año 2018. Estudió cursos de interpretación con Dominique de Faccio, James

De Pol, Lecoq y con Cristiane Jathay en la Biennale de Venecia. Fue becada por el Ministerio de Cultura en 2019 para ampliar sus estudios en la prestigiosa escuela de Nueva York HB. Entre sus trabajos, destaca su participación en la serie *Conexo* y la película *Enlazados. Los crímenes de la Complutense* era su primer papel protagonista.

Ángela levantó la mirada al oír que se abría la puerta del despacho. Novoa regresaba con un par de cafés, el de Ángela con leche y azúcar. A la agente no le había hecho falta preguntarle cómo lo tomaba, ya que habían compartido litros de café el tiempo que estuvo interrogándola por todo lo que ocurrió en la universidad. Fue en otra comisaría, en otro despacho, con el mismo ambiente cargado sobre ellas. La agente Novoa rara vez fue amable con Ángela. Tampoco la castigó, tan solo la escuchó durante días sin ofrecerle empatía. Eso era lo que le exigía su trabajo mientras investigaba, nada más. Un jurado decidió que la muerte de Cruzado fue involuntaria y los absolvió, a ella y a Nando, aunque él siempre tuvo la sensación de que no era eso lo que Novoa esperaba que ocurriera. Ángela no había vuelto a verla desde que terminó el juicio. Hasta esta noche, cuando Novoa se le acercó al verla llegar al portal de su casa. Después de lo que le había pasado en el metro, Ángela se encontraba mejor, la ansiedad había bajado.

—Ángela, cuánto tiempo... Te queda bien ese corte de pelo.

Le pasó como a Nando, que solo con oír su voz y sentir ese olor tostado ya sabía quién era. Y también sabía que si Novoa estaba en Barcelona es que había ocurrido algo relacionado con su historia.

—¿Qué ha pasado? —le preguntó Ángela, sin rodeos.

Habían encontrado muerta a Bárbara Andrade, la actriz protagonista de la serie basada en su novela. La que la interpretaba a ella. Ocurrió después de que terminara una ronda de entrevistas en el set en el que se grababan los capítulos. Estaba a punto de marcharse, pero había olvidado el cargador y volvió al decorado a buscarlo cuando ya no quedaba nadie. Lo siguiente que ocurrió fue que la encontraron muerta. Los responsables de la producción, a través de un comunicado en redes sociales, ya se habían encargado de decir que todo había sido un terrible accidente. Novoa tenía dudas de lo que en realidad había ocurrido.

—¿Sabes de lo que me estoy acordando? De esa leyenda que hay con las películas de terror y sus protagonistas —le dijo Novoa mientras le pegaba un trago a la bebida.

—¿Qué leyenda?

—Hay montones de actores y actrices que han muerto después de protagonizar películas de terror. ¿Has visto *Poltergeist*?

—No sé mucho de cine de terror —le respondió Ángela con desgana.

Conocía a la agente y sabía de su tendencia a llenar los interrogatorios con anécdotas de otros temas, rodeos con los que llegar hasta las respuestas que quería.

—Yo tampoco sé mucho de terror, pero sí de asesinatos. Hay películas que parecen estar malditas. En la saga de *Poltergeist* murieron cuatro personas, una después de rodar cada película...

La niña protagonista falleció antes de terminar la tercera parte, de una misteriosa enfermedad. La historia era aún más inquietante porque, tras el estreno de cada una de las películas, hubo una muerte, siempre por accidentes o enfermedades, lo que convirtió la saga en maldita. Novoa le contó a Ángela esos y otros casos, había más películas de terror en las que los involucrados habían muerto en extrañas circunstancias.

—El compositor de la banda sonora de *La semilla del diablo* palmó después de su estreno, igual que el productor y la esposa del director, Sharon Tate, asesinada por Charles Manson. —Recostada en la silla del despacho, Novoa saboreaba el café como si no estuviera hablando de gente que había perdido la vida—. También murieron actores de *El exorcista*, *La profecía*...

Le dio a Ángela algunos ejemplos más de películas malditas, aunque también le dijo que estaba segura de que ni siquiera las conocía. Eran tan antiguas como el edificio en el que estaban.

—Pero esto es una serie de televisión. No parece que haya casos de maldiciones en esas —le dijo Ángela, sin ganas de seguir con la conversación—. Novoa, no entiendo qué tiene que ver todo eso de las películas malditas conmigo. ¿Por qué estoy aquí?

Podía contarle que tenía dudas de lo que había ocurrido con Bárbara Andrade porque se eliminaron mensajes de su WhatsApp justo unos minutos antes de que muriera. Se los había enviado Gabi, uno de sus compañeros, que resultó ser su amante, aunque él ya había jurado que no le escribió nada y tenía una coartada que lo confirmaba. Quizás alguien había duplicado el número del chico para engañarla, conseguir que volviera al plató y asesinarla... En cualquier caso, Novoa eligió no contarle nada de eso porque, por el momento, no eran más que sospechas que no podía confirmar.

—Solo quiero asegurarme de que la muerte de Bárbara Andrade no ha sido un asesinato.

—Pero me ha dicho que fue un accidente. Estaba oscuro en el plató, tropezó con los cables...

Novoa tomó aire antes de mostrarle las fotografías que habían hecho al cadáver de Bárbara.

—Supongo que la historia no tardará en llegar a las redes sociales, así que es mejor que sepas cómo ha muerto.

Al ver la imagen en la pantalla del ordenador, Ángela sintió una patada en el estómago.

—No puede ser...

—El decorado es una reproducción bastante fiel de la que fue tu facultad —le contaba Novoa—. También ha quedado muy creíble la estatua del Quijote que había en la entrada.

El cuerpo de Bárbara había caído desde lo alto de la escalera hasta quedar atravesada por la estatua del Quijote. Justo como murió Cruzado.

—Es fácil perderse en un decorado en el que no sabes si la puerta que estás abriendo te lleva a otra habitación o a caer al vacío. Pero tú sabes tan bien como yo, Ángela, que no es eso lo que va a decir la gente en redes...

Ángela ni siquiera se había atrevido a mirar su móvil, pero estaba segura de que tenía cientos de notificaciones, que por la mañana serían miles, de desconocidos que la etiquetaban para que supiera lo que le había ocurrido a la actriz que la interpretaba. Era cuestión de tiempo que, una parte de ellos, la señalaran como culpable de su muerte.

—Estamos intentando controlar que no se filtre la forma en la que ha muerto. Si esta fotografía llega a las redes sociales... Es demasiado macabro.

Y demasiada casualidad, aunque Ángela no se atrevió a decirlo en voz alta. Lo hizo Novoa por ella:

—Ha muerto la actriz que te interpretaba en la serie. Y lo ha hecho de la misma manera que vosotros matasteis a tu profesor.

—No lo matamos, fue un accidente —corrigió Ángela, aunque a veces ni siquiera ella lo creía.

Novoa cambió el tono e intentó dejarle claro que no estaba allí para acusarla de nada. Lo que en realidad quería era protegerla.

—Solo quiero asegurarme de que ha sido un accidente, Ángela. Que nadie está escribiendo una... continuación de tu historia.

—El payaso escribía las muertes y las subía a Wattpad —le recordó Ángela intentando ignorar el escalofrío que le recorría el cuerpo—. Si hubiera alguien escribiendo una continuación estoy segura de que ya me la habría enviado.

Novoa hizo una búsqueda rápida en Wattpad. Le mostró cientos de *fanfictions* firmados por seguidores del libro de Ángela que disfrutaban escribiendo una posible continuación. Algunos incluso firmaban los relatos con el seudónimo de «payaso asesino».

—Ya hay montones de secuelas de tu historia en internet, Ángela. Si uno de sus escritores es un asesino de verdad no va a ser fácil reconocerlo. En parte, esto es culpa tuya. Si no hubieras escrito ese libro...

Puede que Novoa tuviera razón, pero la falta de tacto hizo que Ángela cortara la conversación.

—¡No estoy dispuesta a aguantar que me sigas haciendo sentir culpable por un accidente! —le gritó Ángela, que le recordó que no estaba detenida y podía marcharse.

—Puedes irte si quieres, claro.

Antes de que Ángela cruzara la puerta, Novoa quiso abrir un nuevo interrogante:

—Ángela, solo una cosa más. ¿Crees que Alicia está muerta?

Novoa ya se lo había preguntado antes, cuando aún estaban esperando a que llegara el juicio por lo de la Complutense. Esta vez, había algo distinto en el tono de su voz. Por primera vez, se intuía un atisbo de duda.

—Si estuviera viva, ya la habrías encontrado. Eso fue lo que siempre me dijiste, ¿no?

Hubo un silencio y una mirada de Novoa de esas que son difíciles de traducir.

—¿Debería preocuparme? —le preguntó Ángela, que empezaba a sentir miedo.

—No —le mintió Novoa.

Eso sí, aconsejó a Ángela que se mantuviera alejada de las redes sociales por un tiempo. La situación tenía el suficiente morbo para convertirse en viral y no la iba a ayudar leer lo que escribirían sobre ella miles de personas en redes sociales.

—Nando ha venido a buscarte. Parece que sigue igual de nervioso... ¿Os van bien las cosas?

Ángela le respondió que sí, sin entrar en más detalles, mientras recogía sus cosas para marcharse.

—Vivís juntos... ¿Sabrás dónde estuvo el viernes cuando murió Bárbara?

—En casa, conmigo —le respondió Ángela, de malas.

—¿Toda la noche?

—Sí, toda la noche. ¿A qué viene este *revival*? ¿Ahora Nando es sospechoso de un accidente?

—Si lo fuera ya le estaría interrogando, Ángela. Aunque no he olvidado que una parte de su testimonio de lo que ocurrió en la Complutense es falsa.

Cuando investigó los crímenes de la universidad, Novoa encontró algo que Nando no supo explicar. Las horas en las que Ángela estuvo en Carrión, antes de que el payaso asesino le atacara en la Facultad de Medicina, Nando no parecía haber estado en ningún sitio. Siempre declaró que las pasó trabajando en Campus, pero varios testigos aseguraron que aquella noche no estuvo en el local. Novoa creía a esos testigos y Ángela, a su novio, de ahí el conflicto entre ellas.

—¿Sabes qué otra cosa he aprendido viendo películas de terror? —le dijo Novoa a Ángela antes de que la chica saliera del despacho—. Que el asesino puede ser cualquiera. Incluso una persona a la que crees conocer de verdad.

Ángela cerró de un portazo, con fuerza. La misma con la que abrazó a Nando cuando se reencontraron. Salieron juntos de la comisaría y ella le contó todo lo que había ocurrido, aunque él ya sabía una parte por los periódicos y las redes sociales, pero no lo de cómo había muerto Bárbara. La abrazó de nuevo, le pidió que se tranquilizara y la besó en el pelo.

—Hay algo que tienes que decirme, Nando.

—¿El qué?

Ángela intentó quitarse de la cabeza la pregunta que le golpeaba la garganta. No quería, se odiaba por ello, pero una parte de ella volvía a sentirse como cuando la abrazaba en la Complutense. Cuando sentía que no conocía a su novio y que podía ser cualquier cosa. Incluso un asesino.

—Nando, ¿dónde estuviste el viernes por la noche?

5

Ángela despertó gritando. Había vuelto a sufrir esa pesadilla, la misma que se repitió cientos de noches cuando ocurrió todo lo de la Complutense. Se palpó el cuerpo para comprobar que el payaso solo le había hecho las heridas en sueños. No consiguió tranquilizarse hasta que el sudor empezó a enfriarle el cuello. Salió de la cama, con la cabeza aún nublada. Era tarde, eso lo contaba la luz fría que entraba por las pocas rendijas que quedaban abiertas en la persiana. Nando no estaba al otro lado de la cama, así que Ángela recorrió los pocos metros que separaban la habitación del cuarto de baño. La luz del techo, de fluorescentes, tintineó mientras se cargaba. Llevaba escondida en la mano una de sus pastillas para la coulrofobia, que se metió en la boca de golpe. Bebió un poco de agua y fue a desayunar algo, intentando no mirar el móvil. La muerte de Bárbara había hecho que no dejara de sonar. Familiares, periodistas, conocidos... Todos querían saber cómo se encontraba, aunque, la mayoría, solo por el morbo.

Justo cuando Ángela estaba dejando otra llamada de esas sin contestar, Nando volvió a casa. Había estado trabajando un rato en la cafetería, organizando los desayunos. Le dedicó a su novia un saludo rápido, sin borrar el gesto de enfado, y se fue a otra habitación. Ángela sabía que tenía motivos para querer estar lejos de ella, aunque fue detrás de él para que le escuchara:

—Nando, ¿cómo puedes pensar que anoche te estaba acusando de algo?

Sí, nada más salir de la comisaría le había preguntado dónde había estado el viernes, justo a la hora en la que murió Bárbara Andrade, pero no porque sospechara de él. Lo hizo porque conocía a Novoa, sabía que no le gustaban los cabos sueltos y que, tarde o temprano, acabaría llamando a Nando para interrogarlo.

—Lo siento, de veras —le dijo Ángela, sentándose al lado de su novio en el sofá del piso que compartían, un chester de lino.

Buscó su mano, pero él aún no le dejó que se entrelazaran sus dedos.

—Novoa sigue empeñada en que mentiste con lo de aquella noche en la que trabajaste en Campus...

Ángela no quiso recordar el momento concreto porque fue la misma noche en la que ella le engañó con Sebas. Por eso volvió a centrarse en las horas en las que murió Bárbara Andrade. Ella le había dicho a Novoa que Nando había estado en casa, pero no era cierto. Recordaba que había llegado tarde, cuando ella ya estaba dormida.

—La cámara de la cafetería dio problemas y tuve que ir a recoger otra a uno de los bares de copas de mi jefe —terminó contándole Nando, aunque aún no se le había pasado el enfado.

—¿Y puede corroborarlo, él?

Nando afirmó. Ángela respiró tranquila, eso significaba que Novoa no iba a poder señalarlo.

—¿Por qué estás tan asustada? —le preguntó su novio al notar que le temblaban las manos.

Ángela quería contarle que había vuelto la coulrofobia. Que estaba tomando de nuevo la medicación psiquiátrica, que él tenía razón y que nunca debería haber escrito ese libro.

—A veces siento como si todo lo que vivimos no hubiera terminado —le confesó.

—Y yo a veces siento que no quieres que termine. Tienes que escribir «fin», Ángela.

Quería, pero no se sentía capaz. No sin saber si Alicia estaba viva o muerta, aunque eso no se atrevió a contárselo. Tampoco que Novoa le había preguntado por ello.

—De veras que voy a hacerlo. Fin.

Lo escribió en el aire. Nando sonrió. Se besaron y Ángela empezó a acariciarlo por debajo de la ropa. Quería sentir en su cuerpo algo diferente al miedo. Los dedos de Nando también buscaron su piel. Tenía las manos calientes, igual que la sangre de Ángela cuando empezó a tomar temperatura. Se tumbaron sobre el sofá y recorrieron sus cuerpos mientras se desnudaban. Funcionó, Ángela dejó de sentir miedo. Volvió a sentirse como aquellas primeras noches que pasaban descubriéndose, en la época de la universidad, cuando Nando escalaba por la fachada de la residencia para colarse en la habitación de Ángela. El bedel no le dejaba entrar en el edificio pasada la medianoche, pero él tenía que trabajar hasta tarde, así que aprendió a trepar por la piedra hasta alcanzar la ventana.

—Te quiero —le dijo Nando con la piel sudorosa como aquellas noches—. Y nada de lo que pase va a cambiarlo.

https://twitter.com/LoscrimenesdelaUCMserie
Crímenes serie @CrimeneSerie
Ha fallecido la actriz Bárbara Andrade víctima de un accidente. Queremos enviar un fuerte abrazo a sus familiares. El mejor homenaje que podemos hacerle es ofrecer su increíble interpretación en la serie, así que ya está disponible el capítulo 1 en la plataforma.
10:32 - 3 abril 2022
⇓

Irene @ireonflix - 2 h
En respuesta a @CrimeneSerie
Ostras, qué fuerte... Pobrecilla, DEP
10:31 - 3 abril 2022
⇓
Alberto @aperezcastaños - 2 h
En respuesta a @CrimeneSerie
Pelín oportunista esto de aprovechar la muerte para estrenar la serie, ¿no?
10:32 - 3 abril 2022
⇓
Laura Hastiada @Hastiada - 3h
En respuesta a @CrimeneSerie
Bueno, bueno... una actriz protagonista muerta... Como la niña muerta de *El exorcista*. ¡Es la maldición del cine de terror! QUÉ FANTASÍA
10:40 - 3 abril 2022
⇓
Ángela Armero @Armero - 5 h
En respuesta a @Hastiada @CrimeneSerie
Me parece una falta de vergüenza que esto de la fantasía tenga más de mil retuits. Ha muerto una persona. #RESPECT
13:50 - 3 abril 2022

https://twitter.com/estersinh3
Ester @estersinh3 «Estoy esperando a que muera alguien para poder escribir la segunda parte». Esto lo dijo la escritora Ángela Kuntz @angelaescritora autora de *Los crímenes de la Complutense* unas horas antes de que muriera la actriz que la interpretaba en la @escuelaescritores. Os dejo el vídeo aquí:
07:42 - 4 abril 2022
⇓

Irenetiga @ireonti 2 h
En respuesta a @estersinh3 @escuelaescritores @angelaescritora
Qué fuerte, menudo comentario tan poco sensible. Siempre me pareció que esa chica se estaba aprovechando un poco de todo lo que le pasó...
07:48 - 4 abril 2022
⇓
Claudio Vernos @cvernos 3 h
En respuesta a @ireonti @estersinh3 @escuelaescritores @angelaescritora
Ha sacado una pasta con el libro, luego la serie y se había quedado seca de ideas así que decidió empezar a cargarse gente... #Angelasesina
09:48 - 4 abril 2022
⇓
Ester @estersinh3 - 1 h
En respuesta a @ireonti @escuelaescritores @cver nos @angelaescritora
Hala, qué bestia... Pensar eso me parece demasiado fuerte. Está claro que no tiene nada que ver con la muerte de esa chica. Además, ha sido un accidente.
10:03 - 4 abril 2022
⇓
Claudio Vernos @cvernos 3 h
En respuesta a @estersinh3 @ireonlix @estersinh3 @angelaescritora
HOLA NUEVOS SEGUIDORES. GRACIAS POR ESOS QUINIENTOS RT. ¡Y SUBIENDO!
12:34 - 4 abril 2022
⇓
Claudio Vernos @cvernos 3 h
En respuesta a @estersinh3 @ireonlix @estersinh3 @angelaescritora

Ya, bueno, pero que tampoco le ha venido mal que eso pasara ya te lo digo yo... #angelasesina
12:36 - 4 abril 2022
⇓
Irenetiga @ireonti 2 h
En respuesta a @estersinh3 @vcernos @escuelaescritores @angelaescritora
A mí lo que me parece es que si esa chica no hubiera escrito esto, no habría serie, ni actriz muerta. En parte es culpable. @AngelaEscritora #angelasesina
13:45 - 4 abril 2022

https://twitter.com/angelaescritora
Ángela Kuntz @AngelaEscritora
Comunicado oficial 👇

Tras la muerte de Bárbara Andrade, consecuencia de un accidente, quiero mostrar mi más sentido pésame a sus familiares y amigos. Lamento profundamente su pérdida y los acompaño en el sentimiento en estos duros momentos.

Por otra parte, me gustaría dejar constancia de que algunas informaciones vertidas sobre mi persona en los últimos días carecen de veracidad.

Lo primero que quiero subrayar es que no he tenido ninguna vinculación, ni laboral ni personal, con la serie *Los crímenes de la Complutense*. Es cierto que se inspira en la novela que publiqué hace ya dos años, cuyos derechos no me pertenecen. Son propiedad de la editorial que publicó el libro, la cual decidió vender a la productora la opción para realizar la serie. En ningún caso mi intención ha sido la de lucrarme con dicho proyecto ya que mi voluntad inicial fue la de no ceder esos derechos para su explotación.

También me gustaría aclarar que mi desvinculación con el proyecto fue tal que nunca llegué a conocer a ninguno de los protagonistas elegidos para actuar en la serie. Tampoco a Bárbara Andrade, tristemente fallecida en un accidente laboral, tal y como han concluido las autoridades competentes sobre el caso.

Estos años para mí no han sido fáciles. Escribir un libro contando la dramática situación que viví resultó de lo más catártico, pero también muy doloroso. Mi principal interés al publicar *Los crímenes de la Complutense* era que la verdad de lo que ocurrió saliera a la luz. Las redes sociales han conseguido que se puedan ofrecer muchas versiones sin constatar su veracidad. Mi único interés era hacerles frente con el mayor de los argumentos posibles: mi relato en primera persona. Entiendo que esa intención inicial se ha convertido en una profesión, la escritura, pero mi primera opción no fue nunca la del beneficio económico.

Encontrar en redes sociales y medios sensacionalistas comentarios de odio que aseguran que llegué a disfrutar de lo ocurrido me genera sentimientos de tristeza, impotencia y mucho dolor. Mis mejores amigos perdieron la vida. Mi pareja, Nando Blein, sufrió heridas graves que le han obligado a pasar por numerosas operaciones. Por suerte, yo no tengo secuelas físicas, pero he necesitado años de terapia psicológica y psiquiátrica para poder recuperar mi vida.

Os invito a que reflexionemos juntos sobre el dolor que puede generar alguien a través de las redes sociales con comentarios de odio. Al otro lado de la pantalla hay personas con sentimientos que van a leerlos. Quizás no merezcan vuestra compasión, pero seguro que sí vuestro respeto. Eso es justo lo que pido para mi pareja y para mí.

Ángela Kuntz

Hizo clic en publicar y luego desactivó todos los avisos en redes sociales. Ángela se prometió a sí misma que no volvería a abrirlas en semanas, cuando todo hubiera terminado. El teléfono también lo tenía bloqueado, excepto para los números que conocía. Llevaba días sin apenas salir de casa. Había periodistas acampados en el portal con los que Nando tuvo un encontronazo que lo llevó a perder los nervios. El vídeo acabó en las redes sociales, como todo. Se publicaron tuits y comentarios en Instagram que decían cosas como: «Ese chico es bastante violento... ¿No sospechó incluso su novia que era un asesino?», «Menuda mala pinta tiene ese tío, da miedo» o «Si hacen una segunda parte, el novio tiene papeletas de ser el asesino».

A Ángela leer eso le dolía mucho más que el linchamiento que sufría ella en redes. Los peores tuits la acusaban de ser una asesina que lo había planificado todo. Esos los había denunciado, aunque la policía le advirtió que era difícil que alguien terminara condenado por algo así. Había otros que la culpaban de haber puesto de moda los payasos asesinos después de que el de la Complutense se convirtiera en icónico. Su disfraz ahora se vendía en todas las tiendas y hasta lo llevaban los niños en Halloween, como si nunca hubiera sido la máscara de un asesino real. Además, habían nacido payasos asesinos en otras universidades del país con cuentas en redes sociales: el payaso de la Universidad de Salamanca, el Barcelona Clown, el Mimo de la Universidad de Sevilla... Todos tenían como referente al payaso de la Complutense, el que, de alguna manera, Ángela dio a luz, lo que la hacía sentir muy culpable.

La polémica en torno a lo ocurrido no solo estaba en las redes, sino que también la televisión colaboraba amplificándolo con debates en los que Ángela y Nando tenían que ver a supuestos expertos opinando sobre sus vidas. Programas en los que también aparecían personas que los habían conocido en el pasado, en la universidad, aunque fuera de poco, y que siempre tenían algo que contar sobre ellos a pesar de que hacía años que ni hablaban. Ocurrió igual cuando estaban pendientes de la resolución del juicio que terminó por absolverlos, siempre había alguien con algo que contar sobre ellos. Ángela sentía que lo estaban reviviendo todo, aunque de forma aún más dolorosa que en la primera ocasión. Ahora le iba bien, no se mostraba como una chica asustada, sino que era una escritora de éxito. Sentía que había gente que quería hacérselo pagar.

—Terminarán olvidándose, ya lo verás —le decía Nando por las noches, abrazándola en la cama en la que Ángela pasaba horas sin dormir.

Seguía sin contarle que la coulrofobia había vuelto. Sabía que era algo irracional, pero estaba demasiado asustada y no quería arriesgarse a que todo se enrareciera entre ellos al contárselo cuando más lo necesitaba. Aumentó la dosis de medicación como le aconsejó el doctor Jacoby y esperó a que todo mejorara.

Lo hizo, unos días después Ángela dejó de ver payasos asesinos donde no los había. Otra semana más y pudo volver a dejar las pastillas. «Solo debía tomarlas si se sentía desbordada», eso le dijo el doctor Jacoby. También le aconsejó que volviera al trabajo, le comentó que le vendría bien centrarse en la escritura.

Lo hizo un lunes en el que madrugó, se preparó un café con leche, mordisqueó una tostada y al fin volvió a sentarse delante del portátil. Antes de empezar a escribir, le echó un ojo al correo electrónico. Tenía cientos de mensajes, muchos de ellos de periodistas que buscaban su testimonio por lo que había ocurrido. También de sus lectores, los más fieles que siempre la apoyaban y que le enviaban ánimos por lo que estaba viviendo. Y uno de su editora:

De: irenelucas@editorialmundo.es
Para: angelakuntz@gmail.com
Asunto: Nueva novela

Querida Ángela,

¿cómo te encuentras? Supongo que no lo estás pasando bien últimamente... He seguido de cerca el tema por redes sociales y es muy injusto todo lo que han dicho de ti y de Nando. Siento mucho que estés pasando por esto, sobre todo porque he vivido contigo la escritura de ese libro y sé lo mucho que te costó empezarlo, y más aún llegar hasta el punto final. En cualquier caso, ya sabes que los periódicos de hoy envuelven el pescado de mañana. Nada dura en las redes y todo el odio que estás recibiendo tampoco lo hará.

Me sabe fatal tener que decirte esto, pero tengo tu nueva novela programada en el plan editorial y tendrías que entregármela en apenas dos meses. Quizás quieras enviarme tus avances para que te eche un cable... Espero que puedas cumplir con el calendario, Ángela.

Te mando un abrazo,

IRENE

Ángela miró en el disco duro de su ordenador. En él solo tenía algunas páginas de la novela. Ninguna de ellas era definitiva. Tenía que decidir qué iba a hacer, si seguir adelante con la escritura o reconocer a su editora que se sentía incapaz de hacerlo. Decidió aplazar la respuesta, aunque sabía que el cronómetro corría al doble de velocidad y en su contra. Tenía otro correo pendiente en la bandeja de entrada. Uno que a Ángela le cortó la respiración.

—No puede ser... —murmuró con voz temblorosa.

El correo se lo había enviado Alicia.

6

Jueves, 18 abril

Laura
Ángela, ¿cómo estás? Siento mucho por lo que estás pasando... Escríbeme cuando puedas, quiero comentarte algo.
09:34

Hoy

Ángela
Laura, perdona. He estado unos días desconectada.
Gracias por preocuparte 😃
Cuéntame cuando quieras, ya vuelvo a estar operativa.
10:26

Laura
¡Hola! Me alegro de que me hayas escrito.
¿Cómo estás?
10:28

Ángela
Llevan días diciéndome todo tipo de burradas en redes, pero he tenido momentos peores. A mi libro me remito.
10:29

Laura
Lo siento... Y siento lo del vídeo de tu clase.
Ya sabes que todo se graba para los alumnos online... Estoy detrás de saber quién fue el que lo puso en redes.
10:31

Ángela
Tranquila. La verdadera culpable fui yo por creer que podía bromear con algo así.
10:32

Laura
Está totalmente sacado de contexto...
10:33

Ángela
Bueno, lo único importante es que una persona ha perdido la vida.
10:33

Laura
Para ti debe de ser difícil. La actriz que te interpretaba...
10:34

Ángela
Cuando me escribiste decías que querías comentarme algo...
10:46

Laura
¡Sí! ¿Te acuerdas de lo del retiro para escritores? Pues mi jefa se ha empeñado en que seas la profesora del de terror...
10:46

Ángela
¿En serio?
10:47

Laura
Es en un lago increíble, te puedo pasar fotos para convencerte.
10:48

Ángela
Si es que tengo mucho lío con mi próximo libro...
10:52

Laura
Allí puedes escribir, es perfecto para eso.
Solo tendrías un par de horas de clase por la mañana. Sé que vas a decir que no, pero por probar...
10:54

Le dijo que sí. Alejarse de todo y de todos por unos días era justo lo que Ángela necesitaba. Estaba mejor, había dejado de tener visiones y no necesitaba tomar la medicación, pero el mail de Alicia que había encontrado en la bandeja de entrada aún la hacía temblar:

De: aliciasoria@vcm.es
Para: angelakuntz@gmail.com
Asunto: Segunda parte

¡Hola Ángela!

Cuánto tiempo... ¿Te acuerdas de mí? Yo sí que me acuerdo de ti. Y de lo que me hiciste. Por eso estoy escribiendo una segunda parte. ¡Vas a ser de nuevo la prota! Estoy preparando una novela tan terrorífica como la primera, aunque esta será aún mejor. En la segunda parte, al final, tú mueres.

🤡🤡🤡

Nando le dijo, nada más leerlo, que él también lo había recibido y no era lo que pensaba. No lo había escrito Alicia, ni tampoco se trataba de una broma firmada por uno de los muchos que vivían lo que les ocurrió como si fuera un juego. Era un brillante ejercicio de marketing redactado por los mismos que habían puesto en marcha la serie *Los crímenes de la Complutense*. El correo electrónico anunciaba la renovación por una segunda temporada, eso era lo que decía en sus últimas líneas que Ángela ni siquiera llegó a leer por el miedo:

> Alicia, Ángela y Nando vuelven en la nueva temporada de *Los crímenes de la Complutense.* ¡Muy pronto solo en *streaming*!

La adaptación de su libro había sido un éxito que iba a continuar. Incluso ya tenían una nueva actriz para interpretarla. Todo el asunto de su muerte había quedado diluido mientras el payaso, que estuvo a punto de acabar con sus vidas, ganaba protagonismo. Se había convertido en el monstruo icónico de una franquicia de terror como lo era Ghostface, Michael Mayers o Freddy Krueger. Solo que el asesino de la Complutense era real.

—Deberías apagar el ordenador una buena temporada —le dijo Nando, al tiempo que desconectaba la pantalla.

—No puedo, tengo que escribir la novela. Empiezo a tener encima la fecha de entrega...

Le contó lo que le había dicho su editora en el mail. Nando ya sabía que tenía firmado el contrato y que hasta había recibido un adelanto económico, aunque estaba seguro de que podía hablarlo con la editorial para retrasarlo. O incluso dejarlo si no se sentía preparada para escribir un nuevo libro.

—No, eso no voy a hacerlo —le dijo, tajante—. Voy a escribirlo, aunque sea lo último que haga.

Sentía que esa iba a ser su primera novela. La niña de Carrión fue una historia, de alguna manera, robada. *Los crímenes de la Complutense* no salieron de su imaginación, los vivió porque otros los escribieron para ella. Ahora tenía la oportunidad de demostrar que era una verdadera escritora, aunque las palabras aún no llegaban hasta la forma que necesitaban. Irene le decía que eso era solo el miedo a la segunda novela, de lo más normal, y también que lo que necesitaba era centrarse en escribir y olvidarse de todo lo que estaba pasando. Y entonces Ángela recibió la propuesta de Laura para ir a ese retiro de escritores.

—¿De veras te apetece ser profesora de un grupo de aspirantes a escritores de terror? En realidad, no te gusta mucho el género —le dijo Nando, al escuchar la noticia.

—Bueno, ya sabes que para mí el terror y el drama no están tan alejados...

Veían juntos en la tableta las fotos que Laura le había enviado del lugar en el que se celebraba el retiro de escritura. Un bosque frondoso, de esos en los que los árboles parecen tocar el cielo, un campamento de cabañas y un lago de agua cristalina. Sin wifi, lejos de todo. Era el sitio perfecto para centrarse en escribir y olvidarse de lo que estaba pasando.

—No sé, supongo que podría hacerlo —trataba de convencerse Ángela—. La teoría me la sé de memoria, la aprendí en la universidad.

No lo dijo en voz alta, pero fue gracias a Cruzado. Él le enseñó en sus clases los mecanismos para encontrar una idea que pudiera llegar a ser una novela, la manera en la que debía construir personajes y la forma de escribirla.

—Estoy seguro de que lo harás muy bien, tienes muchas cosas que enseñar —la animó Nando.

Ángela sabía que sus alumnos no iban a tener muchos más años que ella y sentía que eso le iba a restar autoridad.

—O quizás juegue a tu favor porque te sienten más cerca —la convencía Nando—. A mí lo único que me preocupa es si estarás bien. Tendremos que pasar unos días separados.

—A mí eso no me preocupa porque no vamos a estar separados —dijo Ángela, sonriendo—. Vas a venir conmigo.

Nando puso una cara de sorpresa que también contaba que no era lo que quería hacer, pero ella le insistió en que eso de alejarse de todo era algo que necesitaban los dos.

—No sé si puedo hacerlo, Ángela... Tengo que trabajar.

—La cafetería puede funcionar perfectamente unos días sin ti.

En realidad, Nando tenía un equipo al que ya había formado y su función era solo supervisar que todo fuese bien por allí. Su jefe lo entendería, Ángela estaba segura, sobre todo porque sabía por lo que estaba pasando. Había aparecido más de un curioso por el local preguntando por Nando, el superviviente de los crímenes de la universidad. Todo después de que en uno de esos artículos tipo «Qué ha sido de los verdaderos protagonistas de la Complutense» se contara que Nando ahora gestionaba ese café de Poblenou. Desde entonces, pasaba poco por allí y, cuando lo hacía, se encerraba en la oficina del local, con el papeleo.

—Nando, mi condición para aceptar ha sido que tú pudieras ir conmigo.

Al principio, Laura le puso pegas a Ángela con eso. El retiro era solo para escritores de la escuela y no estaba contemplada la presencia de acompañantes, pero, frente a la negativa de Ángela si su chico no iba con ella, la coordinadora terminó cediendo.

—Lo necesitamos, Nando... Además, tú también estás escribiendo un libro, ¿no? Te vendrán bien unos días para escribir.

Nando suspiró y le dijo que sí, que iría con ella.

—Pero no pienso hablar de lo que estoy escribiendo con nadie.

—Está bien —asumió Ángela.

—¿Y sabes ya quiénes son tus alumnos?

7

De: Iván Prada Rey <pradareay@gmail.com>
Para: solicitudes@escueladeescritores.com
Asunto: RETIRO ESCRITORES

Estimada directora,

Escribo esta carta para manifestar mi interés en participar en el próximo retiro de escritura de género de terror. Mi currículum avala mis capacidades para ser uno de los estudiantes elegidos. Ya sabe que cuento con varias novelas del género y libros de relatos que han obtenido numerosas reseñas positivas en Amazon. En el retiro me gustaría concluir mi próxima novela, una historia de *folk horror*, terror pagano ambientado en un pueblo de montaña.

No creo que haya un alumno en la escuela más interesado en el género, así que doy por hecho que mi solicitud se va a valorar de forma positiva. Sin embargo, me gustaría que replantearan la posibilidad de que fuera otra profesora la que nos acompañara en el retiro. Ángela Kuntz no es exactamente una escritora del género.

Saludos cordiales,

PRADA

Unas semanas después de enviar la carta, Prada esperaba junto a la entrada de la escuela el autobús que llevaría a los elegidos al retiro para escritores. Iban a ser solo siete. El nombre de Ángela no había tenido demasiado atractivo entre los alumnos, aunque eso Laura no se lo dijo. Prada era el primero en llegar, poco antes de que el reloj marcara las ocho de la mañana. Sabía que estaría entre los seleccionados, nadie dudaba de su futuro como escritor de terror. Había leído todo lo necesario del género, y mucho antes que cualquiera, algo de lo que alardeaba sin humildad. Además, ya tenía un par de libros publicados en Amazon, llenos de sangre y violencia. Lo tenía todo para ser escritor del género, incluso el aspecto, siempre con un abrigo de paño y unas gafas que le daban un punto atractivo, pero también inquietante.

—Sí que tiene que ser bajo el nivel para que tú también hayas entrado —dijo Prada, al ver llegar a Estefan.

De: Estefan Lorente <fanfanfan@gmail.com>
Para: solicitudes@escueladeescritores.com
Asunto: RETIRO ESCRITORES

¡Hola!

Soy Estefan, estudiante de la escuela. Laura, la coordinadora del curso, me ha animado a presentar mi solicitud para ir al próximo encuentro de escritores. No tengo muy claro que cumpla los requisitos, pero por intentarlo...

Llevo tiempo escribiendo relatos, algunos de *thriller* y terror, y he conseguido que uno de ellos acabe publicado en una antología de género LGTBIQ+. Me he propuesto convertirlo en una novela y estoy seguro de que trabajar con Ángela Kuntz me ayudará a conseguirlo.

Abrazos,

Estefan

Prada y Estefan tenían pocas cosas en común, más allá de estar matriculados en la escuela. Prada era arrogante, algo engreído y con un punto perverso. Estefan era de los que caían bien a todo el mundo. Prada buscaba siempre novias perfectas, a su altura, y Estefan creía más en las personas que en los cuerpos. A pesar de eso, parecía que se llevaban bien. Otra cosa era lo que pensaba Carola.

—Qué honor compartir retiro con Prada, el futuro Stephen King patrio —dijo la chica del pelo rosa al llegar.

—Carola... ¿Cómo has conseguido engañar a Laura para colarte en el retiro? —le preguntó Prada con sarcasmo, aunque en realidad pensaba justo así.

—Soy la cuota latinoamericana, quedo bien en la foto —bromeó Carola, como siempre hacía, con colmillo.

De: Carola Quillauan <Carola@gmail.com>
Para: solicitudes@escueladeescritores.com
Asunto: RETIRO ESCRITORES

Querida persona que decide quién va al retiro para escritores:

Soy Carola, alumna de la Escuela de Escritores. Mi amigo Estefan, compañero de clase, me ha liado para que intente colarme entre los elegidos.

Te cuento, nací en España, pero mis padres son de Lima, así que me pasé años aguantando en el colegio a los malotes el rollo de que si eres una panchita y vete a tu país. A cambio, se llevaron unos cuantos guantazos. Ventajas de ser una niña con sobrepeso. Luego me hice mayor y, como la meritocracia existe, empecé a trabajar de monitora de tiempo libre, figurante en series de televisión, payaso en fiestas infantiles... Todo de lo más humillante. A cambio, dicen que ahora tengo sentido del humor. El caso es que tengo un montón de cosas que contar y por eso me dio por empezar a escribirlas.

Me gusta el terror porque es el género que mejor las explica. Llevo tiempo sumando páginas y me he montado la película en la cabeza de que podrían llegar a convertirse en una novela. La protagonista se llama Marina, mi *alter ego*. En lugar de peruanos, sus padres son bolivianos, pero da un poco igual porque por aquí nadie tiene muy clara la diferencia. A Marina le pasa de todo, aunque lo más patético es lo de las citas que tiene con tíos Tinder mientras sus padres quieren que se case con un primo segundo de su país. Total, que se los empieza a cargar, se convierte en la asesina de citas.

Adjunto una muestra de lo que llevo escrito para que la valores, aunque me da que no voy a estar entre las seleccionadas porque esta novela es una mezcla de terror y comedia, y ya sabemos que esos géneros híbridos nadie se los toma en serio. Ah, y tendríais que darme la beca. Ya sé que solo hay una, pero es que soy medio pobre y, si no me toca, me lo voy a perder.

Saluditos

La Carola

—¿En serio acabas de enviar esto a la escuela? —le dijo Estefan, aún partiéndose de risa.

Carola metía una *pizza* precocinada en el micro, la cena de los jueves. Eran amigos desde que se conocieron en la escuela y habían terminado compartiendo piso.

—Es lo bueno de estar acostumbrada a que te digan siempre que no. Te cortas poco o nada porque ya total...

Al día siguiente, Laura le respondió diciéndole que sí, que Dirección había decidido que fuera una de las alumnas que estuvieran en el encuentro porque lo que estaba escribiendo era bueno. Por una vez, le había salido bien. Carola era de las que tenían prohibido mostrar excesivo entusiasmo por nada, aunque en realidad estuviera gritando por dentro de felicidad.

—Qué bien, pasar una semanita contigo en medio de la nada. Una pena que también venga tu exnovia... —le dijo a Prada en la entrada de la escuela.

Señalaba a Bahía, que se acercaba.

De: Bahía Novoa <bahía.fashiongirl@gmail.com>
Para: solicitudes@escueladeescritores.com
Asunto: RETIRO ESCRITORES

Estimada Escuela,

me llena de felicidad poder enviar esta solicitud para ser una de las escritoras del próximo retiro literario de escritura. Ya sabéis que soy una de las alumnas de la escuela y que las clases me están cambiando la vida.

Hasta hace unos meses yo era únicamente una chica experta en moda con cientos de miles de seguidores en Instagram. Lo cierto es que siempre sentí que no encajaba en ese mundo. Cuando acudía a eventos con otras influencers tenía la sensación de que todo eso estaba lejos de mis verdaderos sueños. En cambio, al publicar mi primer libro sentí que había llegado donde siempre quise estar. Había llegado a casa.

Escribir es lo que de verdad quiero hacer. Con mi primera publicación, a pesar de que alcanzó diez ediciones, me enfrenté a la realidad del mundo literario. Muchos se encargaron de recordarme que había conseguido publicar solo por tener seguidores. Mi capacidad para ser escritora se puso en duda por ir peinada y saber combinar la ropa.

El machismo hace que mi trabajo literario se mire con lupa. Soy consciente de que aún tengo mucho que aprender y por eso decidí matricularme en la escuela. También sé que mi segundo libro es una prueba de fuego. He decidido arriesgarme y apostar por el género, algo que se aleja mucho de mi universo habitual. Ángela Kuntz es una profesional a la que admiro y con la que me siento identificada. Las dos somos supervivientes.

Estoy segura de que, tras este retiro de escritura, rodeada de compañeros y profesionales que me guíen, voy a demostrar a mis lectores que soy una verdadera escritora.

Un abrazo,

BAHÍA

Bahía vestía como las que mejor lo hacen en Instagram. El pelo, que le caía por encima de los hombros, lo tenía del mismo color que los ojos con los que evitaba mirar a Prada mientras al fin llegaba el autobús, con Laura dentro. Hacía tiempo que habían roto, aunque él aún parecía estar dolido.

—Laura, ha habido un error. Se supone que este retiro es para la gente con más talento y está aquí Bahía —le dijo Prada a la coordinadora, pero para que lo oyera la que fue su pareja.

—Contrólate, Prada, que a la mínima te mando de vuelta —le respondió la coordinadora, de malas.

Al resto de los alumnos los saludó con más ganas y les invitó a ir sentándose. El lago estaba cerca del Pirineo, de modo que tenían por delante varias horas de viaje.

—Vamos a darles unos minutos más a los que faltan —dijo Laura, mirando el reloj en el móvil.

Echó un ojo a sus papeles mientras esperaban, en donde estaban las cartas de motivación:

De: Nerea Andrés <ladyfanfic@gmail.com>
Para: solicitudes@escueladeescritores.com
Asunto: RETIRO ESCRITORES

Me llamo Nerea Andrés y soy escritora de temática juvenil *Young Adult* (YA). Escribo desde hace años en Wattpad bajo el seudónimo LadyFanfic. Estoy especializada en *slide story*, *fanfics* en los que personajes de mi propia creación se adentran en universos de series y películas.

Mis relatos en Wattpad acumulan más de diez mil visitas, en especial los que giran en torno a ficciones del género de fantasía y terror. He escrito *fanfics* de *Juego de tronos*, *Mandalorian*, *The Witcher*, *Stranger Things* y *The Terror*. También de series como *La casa de papel*.

Estoy trabajando en una nueva colección de *fanfics* que estoy segura de que serán un éxito en Wattpad. No me interesan las editoriales, me gusta publicar en internet. Supongo que la escuela estará abierta a las nuevas formas de la literatura y no descartarán mi solicitud para el retiro por tratarse de *fanfiction*. Adjunto un enlace con una muestra de mis obras.

Saludos,

LadyFanfic

Llegó pidiendo perdón, con varias maletas cargadas de libros con cubiertas llamativas. Nerea era de las que se hacían notar. Parecía más infantil que el resto de estudiantes, con tanto estampado divertido en la ropa, que, en realidad, solo la aniñaba. No la ayudaba a aparentar su edad estar siempre inmersa en libros juveniles, ni que lo que escribía siguiera esa línea. Incluso Rober, el alumno más joven de la escuela, que ni siquiera era mayor de edad, parecía más maduro que ella.

De: Rober Montalbo <robermontal@icloud.com>
Para: solicitudes@escueladeescritores.com
Asunto: RETIRO ESCRITORES

Mi nombre es Rober Montalbo y solicito participar en el encuentro. Mi motivo es que quiero terminar la novela que estoy escribiendo. Se titula *El asesinato de la muerte* y cuenta la historia del subinspector Mario Lillo y su compañera Patricia Camus, miembros de la Brigada de Asesinatos de la policía. Todo empieza con la aparición del cadáver de una adolescente en un barrio de las afueras de la ciudad. La víctima ha sufrido un ritual insólito que marca el inicio de la búsqueda de un asesino despiadado.

El asesinato de la muerte es una novela negra violenta, en la que destaca la dureza de sus escenas.

Era una especie de niño prodigio de la literatura. Ya había publicado varias novelas, en grandes grupos editoriales, lo que despertaba la envidia de Prada. Siempre tenía una broma que hacerle, por lo niño que era. En el fondo, todos eran amigos. Prada, Rober, Nerea, Carola y Estefan los que más, les unía su pasión por la escritura y la literatura de terror. En clase solían sentarse cerca unos de otros, incluso con Nerea, a pesar de que con ella se hacía más difícil tener algo en común. Con el que sí que no hablaban nunca era con el último de los elegidos que entró en el autobús, Unax.

No había escrito la carta de motivación, pero Laura insistió a Dirección hasta que lo admitieron. Tenía motivos para hacerlo. Cuando Unax subió al autobús, no hubo gestos de entusiasmo por parte de sus compañeros, solo saludos vagos y algún que otro murmullo con malas intenciones.

—A mí pasar una semana con este tío me da yuyu —soltó Prada, sin disimulo.

Siguió sembrando sospechas entre el grupo mientras colocaba la bolsa de viaje en el maletero que había sobre su asiento. Se aseguró de que la cremallera estaba cerrada. Llevaba ropa, libros, un cuaderno y el portátil. También un disfraz de payaso asesino y un martillo.

8

Ángela respiró el aire del valle hasta que sintió que tocaba el fondo de sus pulmones. Saboreó su olor, una mezcla de todos los árboles que rodeaban el lago. Alcornoques, encinas y pinos de los que tocan el cielo. El conjunto era una postal iluminada por un sol de primavera de los que calientan solo hasta la tarde. Junto a su novio, recorría en una barca motora las últimas millas para llegar a las cabañas que se convertirían en su hogar durante los próximos días. La proa cortaba el agua del lago, brillante como el cristal.

—¿Algo que merezca la pena? —Nando preguntó a Ángela por los extractos de las novelas de sus alumnos que ella había ido leyendo durante el viaje.

La de Prada era la mejor escrita, pero le molestaba el tono, sonaba engreído; además, era violenta en exceso. La que firmaba Bahía necesitaba mucho trabajo y le sorprendía que estuviera entre las elegidas. Lo que había escrito Estefan era interesante. Lo de Carola algo frívolo, y lo de Rober, sorprendente. El texto de Nerea le pareció una copia de montones de historias. Lo que contaba Unax, la historia de un hombre que tenía insectos bajo la piel, era tan oscuro que le daba verdadero miedo.

—Supongo que todas se pueden mejorar —le resumió a Nando.

—Para eso estás tú aquí, profe —bromeó él, aunque Ángela le apartó los ojos, rodeados de pecas por el sol.

No lo dijo en voz alta, pero ese era el problema, que Ángela no sabía cómo ayudarles a mejorar sus historias. O quizás sí lo sabía, pero no se creía con la autoridad para decírselo, más que nada porque en el mismo iPad en el que había estado leyendo sus proyectos tenía un documento con su inacabada segunda novela.

—Seguro que consigues terminarla. Este sitio es perfecto para centrarse y desconectar.

Nando lo dijo mirando a su alrededor mientras la botadura de la barca golpeaba el agua del lago. Sí, era el lugar ideal para olvidar todo lo que habían vivido en los últimos días. Además, los móviles ni siquiera tenían cobertura.

La barca fue perdiendo velocidad mientras se acercaban al muelle. Desde allí se veían las cabañas del campamento, de listones de madera envejecidos por el paso del tiempo que también los había llenado de encanto. Los recibió un cartel que decía «Bienvenidos al lago de Cristal». También Laura, que llegó el día anterior con los estudiantes y ya había tenido tiempo para cambiar la ropa que acostumbraba a llevar en el trabajo por un pantalón corto y una camiseta más informal, del color de las Ray Ban Wayfarer que llevaba a modo de diadema.

—¡Bienvenida! —le dijo Laura a Ángela, mientras la ayudaba a bajar de la barca.

Se dieron un abrazo a pesar de que no eran tan amigas, pero por esa sensación de cercanía automática que generan algunas circunstancias. Convivir durante días en el lago iba a ser justo una de esas, así que el vínculo entre ellas parecía haber crecido por sí solo. Ángela le presentó a Nando, al que Laura miró algo contrariada. Además, él tardó unos segundos en devolverle la mano que le ofrecía mientras se creaba un silencio extraño, lo que llevó a Ángela a pensar que quizás había avisado con poca antelación de que llegaría acompañada.

—Laura, dime que recibiste el mensaje en el que te decía que al final vendría con mi novio...

Le había costado convencer a Nando y sabía que, si ahora se encontraba con algo que pudiera hacerle creer que no debía estar allí, tendrían problemas.

—Sí, claro que sí... Es solo que lo había olvidado con las prisas de última hora —se justificó Laura, que enseguida le dio dos besos a Nando—. Encantada de conocerte.

—Igualmente —le contestó Nando, tras coger el poco equipaje que traían para alejarse del muelle.

También se marchó la barca, que solo hacía un viaje de ida y vuelta al día, a primera hora. Se lo recordó el barquero, un hombre simpático que se hacía llamar Capitán, de piel dorada por el sol y pelo del mismo color, cubierto por un gorro de marinero.

—¿Queréis que os haga un *tour*? —les propuso Laura mientras se alejaban juntos del embarcadero en el que había barcas de remos y canoas amarradas.

Lo siguiente fue llegar hasta la entrada del campamento, donde empezaban las cabañas. Al entrar había dos bastante más grandes que el resto, con varias habitaciones. En una de ellas estaba el comedor y la cocina.

—Es Gloria —les contó Laura, presentándoles a la cocinera.

Ángela ofreció una pequeña sonrisa a la mujer, madura y gruesa, que se movía por la cocina con un hacha en la mano. Ni siquiera le devolvió el gesto, hizo como que no estaban allí y siguió troceando pollos desplumados con golpes secos. La otra cabaña era aún más grande, por eso la llamaban «principal». Allí tendrían lugar las clases de Ángela y las reuniones de escritura, en una sala amplia con sillones. Había otra sala con ordenadores conectados a la red, el único modo de acceder a internet, y también un despacho. Esa cabaña principal la abrió Lucas, el guardés del campamento, que llevaba un enorme manojo de llaves colgado de la hebilla del pantalón. A diferencia de la cocinera, les sonrió y les contó que vivía en el lago, al otro lado del bosque. Era la persona que se encargaba de mantener aquel lugar en orden durante todo el año. Laura y él se trataban con familiaridad, se conocían desde hacía tiempo.

—Creo que está todo listo, pero si necesitáis algo, mi casa está al otro lado del bosque.

Señaló una profunda arboleda que se abría al final del campamento.

—Y en mi muelle tengo una motora, puedo sacaros del lago en caso de emergencia —les contó Lucas, antes de despedirse.

Ángela sintió por primera vez un escalofrío. No esperaba que el lago fuera a estar tan aislado, aunque se esforzó por ignorar el miedo. Llevaba semanas sin sufrir ansiedad y había conseguido olvidar la coulrofobia. Traía con ella la medicación, escondida en su bolsa, por si acaso, aunque estaba segura de que no tendría que tomársela.

Laura le entregó una carpeta con el horario que tendría que seguir los próximos días. Por la mañana estaría ocupada con los alumnos, trabajando en sus novelas. La idea era montar un taller en el que leyeran lo que escribían unos y otros para que el retiro fuera participativo. El resto del día cada uno lo llenaría con trabajo individual de escritura o disfrutando del lago. El objetivo era fomentar la creatividad en el grupo, aunque la manera de conseguirlo dependía de cada uno.

—Suena genial, ¿verdad?

Lo apostilló para Nando, que no intervenía en la conversación, ni en esa ni en las otras que tuvieron mientras recorrían el campamento. Parecía estar a mil kilómetros de allí, a pesar de que caminaba a su lado.

—Y esta es vuestra cabaña —les anunció Laura, cuando llegaron frente a la que tenía el número siete en la puerta—. Tiene unas vistas increíbles, disfruté mucho cuando me quedé en ella.

—¿Has venido muchas veces al retiro? —le preguntó Ángela.

—Como coordinadora es la primera, pero fui alumna hace unos años.

En realidad, no había pasado tanto tiempo, aunque sí el suficiente como para que recordara con una sonrisa nostálgica los días que pasó en esa misma cabaña trabajando en su propia novela.

—No sabía que escribías. ¿Llegaste a publicar? —le preguntó Ángela.

—Ese es el motivo de que no lo supieras... Lo dejé a medias, soy ese tipo de escritores que disfrutan más hablando de escribir que escribiendo —bromeó Laura, aunque había algo de verdad en sus palabras.

—Ya tenemos otra cosa en común.

Se rieron, cómplices. De nuevo, Nando parecía estar lejos de la conversación, a pesar de que Ángela lo tomó de la mano para acercarlo.

—Te echaré un cable con todo lo que necesites, pero estoy convencida de que podrás manejarte con los alumnos —le dijo Laura, después de preguntarle si había tenido tiempo para leer todo el material que le había enviado.

—Quizás se apunte uno más al club, a modo de oyente. Está escribiendo un libro y podría ayudarle.

Ángela lo dijo mirando a Nando, que habló por primera vez para decir que no iba a ser así.

—Podrías venir, aunque fuera para entretenerte —le insistió Ángela.

—No te preocupes por mí, ya encontraré algo que hacer —cerró el tema Nando, haciendo que el aire de nuevo se volviera extraño.

Ya habían llegado hasta la puerta de su cabaña, así que Laura se despidió de ellos asegurándose antes de que Ángela sería capaz de llegar después hasta la cabaña principal.

—En un rato nos vemos allí. Os dejo que os instaléis.

Al abrir la puerta las bisagras chirriaron. Olía a madera seca y caliente por el sol. El suelo crujía a cada paso como si fuera un barco, menos en su centro, que estaba cubierto por una alfombra redonda con dibujos navajos. En la cama, cubierta por una manta de cuadros, Nando dejó las bolsas. Ángela abrió la ventana que quedaba sobre el escritorio para que entrara algo de aire, como si así se fuera a cortar la tensión entre ellos.

—Has estado muy poco simpático —le soltó Ángela.

—¿Por qué lo dices?

No le había dirigido ni una sola palabra a Laura. Ni siquiera había reaccionado a la conversación entre ellas con alguna sonrisa suelta.

—Laura se ha portado bien conmigo. ¿Qué problema tienes en ser agradable con ella?

—No tengo ninguno, Ángela. Me parece genial si quieres confiar en ella. Aunque tampoco la conoces.

—¿A qué viene eso, Nando? ¿Ahora no puedo tener amigas por lo que pasó?

Ángela creyó que lo decía por eso o por los complejos de siempre. Nando se sentía algo incómodo cuando estaban en un entorno de escritores porque trabajaba de camarero, como si eso a ella le importara.

—A veces siento que no quieres que vuelva a ser una chica normal, con amigos —le dijo Ángela, más molesta—. Lo que has hecho me ha recordado a la forma en la que te comportabas cuando...

Ahogó las palabras para que no salieran de su garganta. No era necesario, Nando sabía cuáles faltaban.

—Te ha recordado a cómo me comportaba cuando estabas con Sebas —le dijo, enfadado—. ¿Era eso lo que ibas a decir?

Ángela no le apartó la mirada. Sí, justo eso era lo que había vuelto a su cabeza. Los días en los que todo eran celos y sentimientos de culpabilidad por algo que no había ocurrido. Hasta que ocurrió.

—No me lo has perdonado.

—Hemos hablado un millón de veces de eso... Claro que te lo he perdonado —le aseguró Nando.

Daría igual que lo hablaran un millón de veces más. Ángela sentía que nunca iban a olvidarlo. Sí, le fue infiel porque Sebas la manipuló, pero lo hizo y no había nada en su vida que le hiciera sentir más culpable que aquello.

—Hace años que te perdoné lo que ocurrió, Ángela. No sé qué más puedo hacer para que te lo perdones tú...

La forma en la que le apartó los ojos le dejó claro que había dado en el centro de la diana. No quiso meter más el dedo en la llaga, ni seguir discutiendo. Por eso le pidió perdón por haber sido tan parco con Laura.

—Tienes razón, lo siento.

También tenía razón en lo de que desde que sus vidas cambiaron no habían vuelto a tener amigos. Y en que quizás volver a confiar en la gente y salir del encierro del uno en el otro en el que vivían era un paso más para superar los miedos.

—Lo intentaré, ¿vale? —le prometió Nando—. Pero ya sabes que hacer amigos no es lo mío.

Ángela también le pidió perdón por la parte que le tocaba y se dieron un beso corto, aunque este no trajo una sonrisa. Quizás por eso Nando quiso salir a tomar algo de aire mientras ella aprovechaba para refrescarse.

A solas, Ángela ordenó la ropa en el armario. Sacó también la caja de pastillas para la coulrofobia y buscó el mejor lugar para esconderla. No quería que Nando descubriera su secreto, ni eso ni otro que guardaba en el fondo de la bolsa de viaje.

En realidad, era Nando quien le escondía algo. Por eso deshacía el camino con paso firme hasta ver a Laura entre los árboles. Se aseguró de que no había nadie merodeando por allí y aceleró el ritmo hasta agarrarla del brazo. La obligó a girarse, con fuerza, y a que le mirara a la cara.

—Tú y yo tenemos que hablar de lo que pasó.

9

Sara corría entre la gente con el corazón a punto de salírsele por la boca. Tenía que escapar del guardia de seguridad de la feria del libro que la perseguía y al que no le podía contar lo que en realidad ocurría. Que no estaba robando ningún móvil a nadie, ni ella ni sus amigos que se escondían entre las casetas. Que no podían contar lo que de verdad ocurría. Que podían morir porque les estaba persiguiendo un asesino.

Sin bajar el ritmo, ni el de sus zancadas ni el del corazón, Sara llegó hasta el invernadero que quedaba a unos metros de la feria. Pensó que en ese palacio de cristal podría esconderse hasta que el guardia se olvidara de ella. La primera puerta del edificio que encontró estaba cerrada, y la segunda, hasta que dio con una trampilla abierta por la que podía entrar si serpenteaba. Eso sí, antes tuvo que darle un par de patadas, con toda la rabia que sentía dentro. Sara era atlética y, a pesar de su baja estatura, tenía bastante fuerza, tanta como las plantas que crecían en el invernadero. Las paredes de cristal estaban mojadas por la condensación de la atmósfera, que pesaba y se hacía algo difícil de respirar. En la tierra húmeda crecían palmeras, helechos, palmitos, cocoteros y otras plantas tropicales que no pertenecían al paisaje de Madrid, la ciudad en la que Sara estudiaba. La misma en la que estaba la universidad en la que, junto a sus amigos, habían matado a su profesor, Cruzado. Por eso les estaba persiguiendo ese payaso asesino que disfrutaba escribiendo sus muertes. Ya llevaba varios capítulos y uno de ellos fue el del asesinato de Rai, el novio de Sara. El siguiente que iba a firmar contaba la muerte de la chica en ese lugar de cristales empañados. Con dificultad, Sara logró ver al guardia de seguridad de la feria fuera, sin desistir en encontrarla. Por eso ella subió la escalera que llevaba hasta la balconada de suelo de rejilla, una plataforma que bordeaba todo el interior del edificio. Desde allí podía ver la puerta, frente a la que pasó el guardia sin darse cuenta de que ella estaba dentro. ¡Al fin había conseguido despistarlo!

Iba a deshacer el camino y a reunirse con sus amigos, pero entonces le llegó el sonido de pisadas que se aproximaban, pesadas y firmes. También un olor a azufre que le golpeó la nariz y le despertó una náusea. A través de la rejilla que pisaba, Sara pudo ver que todo eso pertenecía al payaso asesino. La observaba con su sonrisa irónica desde la planta de abajo.

—Puta mierda —masculló entre dientes Sara.

Esa misma imagen terrorífica la estaba viendo Ángela a través de su teléfono móvil. El payaso asesino había encontrado a Sara y lo emitía en directo por las redes sociales. Solo para ellos, en el mismo grupo privado en el que llevaba días acosándolos. Ángela, Nando, Sebas y Eva no renunciaban a descubrir quién era el asesino al que buscaban por la feria del libro, sin poder contarle a la gente que estaba allí, paseando entre lecturas, que un psicópata quería sacarles las tripas. El payaso asesino que escribía sus muertes en internet iba ganando todas las partidas.

Sara no iba a rendirse y por eso le retó con los ojos antes de escapar por la pasarela. Caminando, sin correr, para así poder pensar en la forma de escapar. El payaso asesino, que empuñaba el martillo con filos capaces de desgarrar hasta la piel más gruesa, hacía el mismo camino, con el mismo ritmo, aunque por la planta de abajo. Los pasos del verdugo y la víctima parecía que iban al compás, hasta que Sara dejó de verlo. Ya no estaba bajo sus pies, ni tampoco tras ella. El asesino había encontrado otra escalera por la que subir hasta la balconada, sorprendiéndola. Sara no estaba dispuesta a ser el ratón de esa historia y por eso le lanzó una patada con la que ganó unos segundos para escapar deshaciendo lo andado.

Una persecución que Ángela veía en su teléfono móvil. Intentaba llegar hasta el invernadero en el que su mejor amiga podía perder la vida, pero la marea de gente en la feria la frenaba. También uno de los guardias de seguridad, que la retenía junto a Sebas. Dos chicos les acusaban de haber intentado robarles el móvil. Lo que en realidad habían hecho era intentar descubrir quién estaba grabándolos porque ese sería el asesino.

—De verdad que no estábamos robando nada —insistía Sebas, sin conseguir que el guardia de seguridad los dejase ir.

Ángela no podía despegar los ojos de la pantalla en la que veía cómo el payaso asesino volvía a ponerse en pie para perseguir a Sara. El sacaclavos cada vez estaba más cerca de ella, los filos casi la acariciaban.

—¡La va a matar! —gritaba Ángela, intentando zafarse para ir a ayudar a Sara, cada segundo más cerca de la muerte.

Al intentar explicar lo que ocurría, todo sonó como si hablara la locura. No lo era, el payaso corría detrás de Sara, que escapaba escurriéndose por entre las barandillas de la balconada, a pesar de que con un filo le había rasgado la piel. Corrió con más fuerza, ahora por entre el jardín salvaje de árboles tropicales encerrados entre cristales. Un nuevo golpe al payaso, con sus últimas fuerzas, la ayudó a alcanzar la puerta de salida del invernadero. Iba a escapar, lo iba a conseguir. Pero la puerta estaba cerrada.

—¡Socorro! ¡Socorro! —gritaba, golpeándola con fuerza.

Al otro lado de esa puerta gruesa de cristal estaban las casetas de la feria entre las que paseaban cientos de personas, aunque ninguna de ellas llegaba a oír sus gritos de profundo terror. Su asesino ya estaba tan cerca que podía escuchar su respiración bajo la máscara, sentir su aliento podrido. No dejaba de enfocarla con la cámara del móvil, emitiéndolo para sus amigos. Quería que vieran su agonía, que vivieran en directo sus gritos desgarradores y que vieran el color de sus tripas.

Ángela creía que podía evitarlo, había conseguido escapar del guardia de seguridad y solo estaba a unos metros de Sara. Buscaba la puerta del invernadero, pero el edificio era tan grande como una nave y tenía varias entradas. La primera a la que llegó no era la correcta. Tampoco la segunda, ni la tercera. Sí que encontró a Sara al otro lado de la siguiente, aunque estaba cerrada. El payaso lo sabía y quizás por eso esperaba a que Ángela llegara. Quería que viera de cerca cómo su mejor amiga moría.

—¡Sara, Sara! —gritaba Ángela, golpeando la puerta con todas sus fuerzas, sin lograr que cediera.

Las dos amigas golpeaban los gruesos cristales. El payaso estaba solo a unos metros de su víctima, con el martillo levantado. Sara gritó cuando al fin se lo clavó, con tanta fuerza que su voz se ahogó. Por la boca empezó a brotar sangre, al mismo tiempo que de la de Ángela salían gritos de terror. Estaba viendo morir a su mejor amiga en manos de ese asesino.

—¡No! —gritó, desbordada por la ansiedad.

Sin dejar de mirar a la que en realidad era su principal víctima, Ángela, el payaso clavó aún con más fuerza el martillo en la espalda de Sara. Disfrutó del sonido de los huesos rompiéndose. Lo apretó aún más, haciendo que la sangre comenzara a brotar y le manchara las manos.

Antes de morir, Sara dio unos pasos hacia atrás. Sus ojos gritaban de dolor mientras miraban a Ángela, que se tapó con las manos la boca. En la de Sara había sangre que teñía de rojo oscuro la barbilla y el cuello. Las piernas flaquearon hasta hacerla caer en la fuente del invernadero. El martillo clavado en la espalda funcionó como una estaca que le atravesó los ventrículos del corazón y lo paró de golpe. Sara murió con los ojos abiertos y la máscara del payaso asesino impresa en sus pupilas.

Prada, sentado en uno de los ordenadores de la cabaña principal, terminó de ver un nuevo capítulo de la serie *Los crímenes de la Complutense*. Se prometió que no iba a ver ni uno más. Le había parecido infame, lo que también le ocurrió con el libro, aunque ese sí que lo terminó. Por morbo, más que nada. La novela de Ángela le pareció carente de reflexión al mismo tiempo que llena de mecanismos de escritura con los que generar adicción en los lectores, sobre todo en los menos instruidos. Eso fue lo que dijo en clase cuando Laura pidió a los alumnos su opinión sobre el libro. Ocurrió unos días antes de que Ángela visitara la escuela.

—En general, es bochornosa —concluyó Prada.

—¿Bochornosa? ¡Pero si has descrito justo las claves de un bestseller! —apuntó Estefan, sentado un par de filas por detrás en el aula.

—Lo de cuestionar la calidad literaria de un libro porque se ha vendido mucho es de *boomers*, Prada —añadió Carola.

—A mí me parece que es un libro tramposo —se sumó Rober al debate —. Los finales de los capítulos están llenos de ganchos y giros que se deshacen en el siguiente capítulo, pero que te obligan a seguir leyendo. Es perfecto para engancharte, pero poco más.

—Exacto, es que es justo eso. Poco más. Me sorprende que solo seamos capaces de verlo el niño de la clase y yo —insistió Prada.

—¿En serio estáis diciendo que eso le resta calidad literaria? —Estefan era de los que más habían disfrutado del libro de Ángela y estaba deseando que llegara el día del encuentro con ella en la escuela—. Igual es que no soy el mejor escritor del mundo, pero me parece complicadísimo engañar al lector durante casi trescientas páginas...

—Lo que sí es difícil es dar miedo solo con las palabras. Eso es lo que de verdad tiene mérito —recordó Bahía, que aún sentía escalofríos por lo que había leído en las páginas de Ángela.

—¿Miedo? Por favor, si todo el rato es lo mismo... —se burló Nerea, que tampoco estaba a favor—. ¡Corre, que el payaso asesino ha escrito tu muerte y va a por ti! Esa chica debería ver menos pelis de serie B y leer más a Stephen King...

Se montó un debate en clase entre los que estaban a favor

de catalogar el libro de Ángela como literatura y los que pensaban que solo era una novela tramposa. El único que se mantuvo en silencio fue Unax, como siempre.

—*Los crímenes de la Complutense* está basado en una historia real. No hay engaño, ni trampas, ocurrió así. Esos chicos murieron de verdad. —Laura cerró la discusión—. El payaso asesino fue real.

«A saber lo que ocurrió en realidad», pensó Prada, en aquella clase. Y seguía pensando lo mismo mientras esperaba a que llegara Ángela para dar la primera de sus clases. Él había llegado una hora antes, pero porque le salió mal su intento de pasar ese rato a solas con Bahía.

Había ido a buscarla a su cabaña. Llamó a la puerta, dijo Bahía un par de veces y no obtuvo respuesta. Asumió que no estaba dentro y se sentó a esperarla. Unos minutos después, Bahía llegó, vestida con la ropa elástica con la que salía siempre a correr. Había recorrido el bosque sin bajar el ritmo y el sudor brillaba en su frente, despejada por una coleta alta. A pesar de eso, el maquillaje resistía en su rostro.

—¿Qué haces aquí, Prada? —le preguntó la chica, sin ocultar que le molestaba su presencia.

Se habían conocido en la escuela al principio de curso. Prada se sentó a su lado como si no supiera quién era, aunque se sabía todas sus fotos de Instagram de memoria. Cuando le propuso que fueran a tomar una cerveza después de la clase, ya sabía lo que tenía que decir para gustarle. Un par de horas después, se estaban besando. Un par de semanas después, entraron en la escuela cogidos de la mano. Un par de meses después, se bloquearon en redes sociales. Prada estaba convencido de que le había dejado por otra persona, por mucho que ella lo negara.

—He venido a buscarte para que vayamos juntos a la primera clase de la psicótica.

Aún faltaba casi una hora para el pistoletazo de salida al retiro de escritura.

—Tengo que ducharme —dijo, dándole a entender que quería que se marchara.

—Bahía, estoy intentando que tengamos buen rollo —le confesó Prada—. ¿Vas a estar así de borde toda la semana?

No le respondió.

Prada se colocó frente a su puerta, cruzado de brazos.

Bahía no le tenía miedo.

—Prada, que lo nuestro se acabó, ¿vale?

—Dime quién es el tío con el que estás enrollada, anda.

—No estoy con nadie. ¿No puedes aceptar que simplemente no quiera seguir contigo? —le gritó.

El chico de la gorra le sostuvo la mirada unos segundos y se marchó por el camino entre las cabañas, caminando con la cabeza alta. Bahía tomó aire y metió la llave en la cerradura.

—¿Crees que lo sabe?

Se lo preguntaba quien la esperaba entre las sábanas de la cama. Bahía se acercó y lo besó.

10

Ángela se había puesto un pantalón de lino para verse un poco más arreglada, a pesar de que pisaba los caminos de tierra del campamento que llevaban de una cabaña a otra. No podía ir con vaqueros o pantalones cortos como los que llevarían sus alumnos, eso fue lo que pensó mientras rebuscaba en la maleta. Tenía esa sensación de que necesitaba marcar la diferencia con ellos y la ropa podría contar quién era. Por ese mismo motivo, también dedicó unos minutos a maquillarse, algo que antes nunca hacía, pero de un tiempo a esta parte sentía que le daba algo más de seguridad. O quizás era al revés, y por tenerla se atrevía a resaltar el color de sus ojos con un lápiz negro y algo de rímel. «Tienes mirada de cervatillo», le decía siempre Nando al verla así maquillada. Esta vez no se lo dijo, no había vuelto a la cabaña después de que el aire entre ellos se enrareciera.

—¿Ya estáis instalados? ¿Todo bien?

Las preguntas se las hizo Laura cuando Ángela llegó a la entrada de la cabaña principal con una sonrisa. La coordinadora hablaba como si no tuviera la marca que Nando le había dejado en el brazo cuando la había agarrado con fuerza mientras le exigía una explicación.

—Sí, es todo muy bonito —le respondió Ángela.

—Olvidé decirte que luego habrá una pequeña fiesta de bienvenida —recordó Laura de pronto—. Nada espectacular, solo un poco de vino y algo de picar frente al muelle, aunque el atardecer en el lago es muy bonito.

—Genial, me alegro de haber traído un vestido.

—Espero que hayas traído también un bañador porque al profesor es tradición que lo tiren al agua...

No era broma, aunque a Ángela le pareció bien lo de la fiesta. Sería una oportunidad para conocerse mejor, sin la tensión de las clases.

—Seguro que Nando se encuentra mejor para esa hora.

Ángela le había disculpado diciendo que estaba un poco revuelto por el viaje.

—Siento que no haya estado muy simpático antes. Le cuesta hacer amigos.

Laura hizo como que no sabía a lo que se refería mientras entraban juntas en la cabaña. Sí se mostró más abierta cuando Ángela le explicó que Nando estaba algo tenso por todo lo que les había pasado y que no sabía cómo afrontarlo, de ahí que pareciera más hermético que de costumbre. En realidad, eso era justo lo que le ocurría a ella.

—No te preocupes, entiendo que no debe ser fácil ser los protagonistas de una historia tan...

—Morbosa, puedes decirlo —terminó Ángela, con naturalidad, al escuchar cómo Laura había frenado la frase.

La coordinadora le recordó que lo bueno era que allí iban a poder olvidarse de todo. También le confesó que ese era el motivo por el que ella estaba deseando que llegara el retiro de escritores, el mejor lugar para perderse unos días.

—Mal de amores, ya sabes —dijo Laura, con más sarcasmo que tristeza—. Debería estar olvidándome de él, pero al final me pasaré los días recordando lo felices que éramos y lo increíble que fue todo lo que vivimos juntos.

—Vaya, lo siento —le dijo Ángela, al escucharla.

Laura empezaba a dejar a un lado la formalidad con la que debía comportarse porque lo que las había unido era el trabajo y empezaba a tratarla como a una amiga. Por eso la cogió del brazo para hablarle con más confidencia mientras la llevaba hacia la sala del fondo, donde daría las clases. Era un espacio amplio con un círculo de sillas, aunque cada una de un estilo. En el suelo había una alfombra grande bordada como las de los indios navajos. Las paredes estaban decoradas con astados y cuadros de paisajes que se parecían a los que se veían a través de las ventanas que rodeaban la estancia. Los siete alumnos ya estaban allí, formando parte de ese círculo.

—Creo que no hace falta que os presente a vuestra profesora, Ángela Kuntz.

Intercaló holas con saludos alzando la mano mientras Laura iba presentando a cada uno de los alumnos, añadiendo un pequeño recordatorio de sus proyectos de escritura para que Ángela los situara. En realidad, no habría hecho falta que le dijera ni sus nombres, con solo verlos ya sabía quién era cada uno de ellos.

Bahía iba más arreglada que cualquiera, con ropa holgada a la última. Carola vestía una camiseta apretada, aunque sabía que muchos la criticarían por ponerse algo que no ocultaba su sobrepeso. Estefan llevaba una camiseta blanca de tirantes que le marcaba los pectorales, y Nerea, ropa de colores llamativos. La única camisa la llevaba Rober, azul claro, todo lo contrario del negro que vestía Unax de la cabeza a los pies. El que más recordaba a la imagen típica del escritor era Prada, con esa gorra en la cabeza como las que llevaban los chicos que antes repartían el periódico. Laura iba a marcharse después de recordarles a todos el funcionamiento del taller, pero antes le dio un consejo a Ángela.

—No dejes que te den ni un ápice de pena —le dijo con complicidad.

Al fin, llegó el momento más deseado por Ángela, aunque también el más temido. Estaba a solas con sus alumnos. Trató de no perder la sonrisa mientras se sentaba en el único sitio que quedaba libre en el círculo. Sacó del bolso lo que necesitaba mientras les decía a todos que se alegraba de estar allí, algo a lo que solo respondió Bahía más o menos repitiendo sus palabras. Luego hubo unos segundos de silencio que se le hicieron eternos.

—No sé si queréis que me presente yo o no es necesario...

—No hace falta. Te conocemos todos —dijo Carola con una sonrisa que contaba más cosas.

Ángela también sonrió, pero con una incomodidad encima que trató de quitarse enfocando hacia sus alumnos.

—He leído vuestros trabajos y creo que me hago una idea de cómo sois, aunque me gustaría que os presentarais vosotros. ¿Quién quiere empezar?

Nerea fue la primera. Se detuvo más de lo necesario en contar quién era y lo que quería conseguir en esos días de retiro. Ángela fue tomando notas, de lo que dijo ella y todos, aparentando que tenía la situación controlada.

—Me alegro mucho de ser vuestra profesora en este retiro, espero poder ayudaros con vuestras novelas. —Cerró de esta manera las presentaciones—. He leído vuestros textos y tengo algunas cosas que comentaros...

Hizo un resumen rápido de lo que le habían parecido algunos de ellos, destacando lo positivo primero, porque recordaba que, cuando la alumna era ella, ese orden la ayudaba a recibir mejor las críticas. No tuvo tiempo de decir mucho porque Carola levantó la mano.

—Perdóname, pero si no te pregunto una cosa voy a pasarme todo el rato desconcentrada...

Estefan le dio un codazo al mismo tiempo que le decía entre dientes que ni se le ocurriera, pero Ángela le dio permiso para que le preguntara lo que quisiera.

—Adelante, ¿qué ocurre?

—Vale, es más una reflexión que una pregunta —añadió Carola sin perder su característico sarcasmo—. Qué fuerte lo de que haya aparecido muerta la actriz que te interpreta, ¿no?

El silencio fue tan largo que a Ángela le dio tiempo incluso de imaginar lo que ocurriría si se mostraba ofendida. Además, Nando ya le había advertido de que algo así podría pasar: «¿Qué te hace pensar que a los alumnos no les despierta el mismo morbo toda esta historia que al resto del mundo?», fue lo que le preguntó Nando en la sala de estar de la casa que compartían mientras valoraban lo positivo y lo negativo de ir al retiro. En esa conversación, Ángela ya decidió cuál sería la respuesta a la pregunta de Carola.

—Me parece una falta de respeto tremendo —dijo Bahía, que castigaba con la mirada a su compañera por lo que había dicho.

—¡Venga ya, si tú también lo estabas pensando! Lo hemos hablado antes de que vinieras —le confesó Carola a la profesora.

—Entiendo perfectamente que tengáis un montón de preguntas —les habló Ángela, que pareció haber recuperado la confianza de golpe—. Lo cierto es que a mí me pasaría lo mismo si estuviera en vuestro lugar. La curiosidad es una de las condiciones para ser escritor.

Sabía que para el mundo era la superviviente de unos crímenes que ahora eran la trama de una serie de televisión, lo que la convertía en algo así como un personaje de ficción al que había que desenmarañar. Ese día que Nando predijo justo lo que estaba viviendo ahora, decidió que la forma de solucionarlo sería hablar sin tapujos. Por eso dejó a un lado el iPad en el que tomaba notas, se cruzó de brazos y consultó la hora en el reloj de pared cuyo minutero sonaba como un corazón al bombear.

—Preguntadme lo que queráis sobre el tema de los crímenes, no os quedéis nada dentro. Eso sí, solo os responderé durante... quince minutos. Después nos olvidamos todos de mi pasado, nadie vuelve a nombrarlo ni a tenerlo en la cabeza y nos centramos en escribir. ¿Trato hecho?

Hubo miradas cómplices de unos a otros en el grupo

mientras Ángela preguntaba de nuevo quién quería empezar.

—¿Seguro que no te vas a cabrear si te preguntamos lo que sea? —insistió Prada con desconfianza.

—Quince minutos de tregua en los que vale todo, así que adelante. Dispara...

Carola fue la primera, le preguntó qué pensaba de la muerte de la actriz que la protagonizaba y de todas las teorías conspiradoras que crecían en las redes sociales. Ángela le confesó que era extraño y que a ella misma le había costado creer que algo así hubiera ocurrido.

—Pero solo ha sido un accidente, de veras. La policía lo ha investigado, estuvieron hablando conmigo, y no hay nada más.

En realidad, la agente Novoa había descubierto indicios de que no era así, pero no podía comunicárselo a Ángela porque estaba en el lago sin cobertura para llamarla.

—Venga, más preguntas —insistió Ángela, desafiando a la clase y recordando que ya habían gastado algunos minutos.

—Tu novio, ¿qué hace aquí? —le preguntó Prada, desconfiado—. Le he visto dando vueltas por las cabañas...

El chico mordió hueso, porque Ángela le dijo que estaban hablando de ella y que en ella debían centrarse las preguntas, que fueron cogiendo ritmo. «Qué pasó en realidad con Cruzado», «Te dolió que algunos dijeran que te habías inventado que te acosó» y «De verdad una parte de ti no se alegró de que muriera», fueron las que más tiempo ocuparon.

—Pues yo sí me alegro de que se fuera al hoyo —subrayó Carola.

—¿Y la muerte de Eva? ¿No te parece rara?

En los periódicos dijeron que había aparecido muerta en su cama. Solo los que la conocían sabían que, en realidad, Eva se había suicidado.

—Eva llevaba años con una medicación psiquiátrica fuerte —les contó Ángela, a la que se le hacía difícil hablar de ello.

Lo tuvo menos complicado para resolver sus dudas sobre cómo vivió todo lo que le ocurrió con Sebas, otra de las preguntas que le hizo Nerea.

—No, nunca sospeché de él —dijo cuando le preguntaron por eso—. Escribió una novela perfecta con la que consiguió convertirse en el personaje del que nadie sospecharía. O quizás lo que pasó es que yo era demasiado ingenua...

—¿Sabes que yo lo seguía en Watppad antes de todo eso? Firmaba como Gacy, sus relatos de terror eran increíbles —lo contó Nerea como si Ángela también tuviera que admirar al chico que intentó asesinarla.

El único que no había hablado era Unax, aunque tampoco lo hizo para cerrar el tiempo de juego, sino que Prada fue quien se encargó de ello:

—¿Crees que quedó algún cabo suelto? Te vendría bien para escribir la segunda parte...

—No va a haber una segunda parte. No pienso escribir nada relacionado con payasos asesinos, Stephen King ni nada que se le parezca —zanjó Ángela, con total convicción.

—Tú no, pero los de la serie sí que van a continuar la historia —recordó Carola—. Seguro que se inventan que algo de lo que ocurrió, en realidad, no fue así. Lo típico, que uno que quedó de bueno al final resulta que era malo...

—El novio de la prota, por ejemplo —dejó caer Prada, aunque Ángela ya estaba aprendiendo a ignorar sus provocaciones.

—Eso de que algo sea distinto a como se contó en la primera parte es lo que pasa en los últimos capítulos de las trilogías, no en las segundas partes —puntualizó Nerea.

—Lo que va a pasar lo contó Koldo —dijo Nerea.

—¿Qué quieres decir con que ya lo contó Koldo? —le preguntó Ángela, algo desconcertada.

—Que antes de morir Koldo subió un vídeo contando cómo iba a continuar la historia del payaso.

11

¡Hola, Koldófilos! Bienvenidos a mi canal de YouTube en el que os hablo de libros que molan. Antes que nada, no os olvidéis de que podéis seguirme en mis redes sociales. Os dejo en la descripción el link *a mi Instagram, en el que ya somos ¡más de diez mil! Juro que no he comprado seguidores, mis redes están creciendo porque me lo curro, posteo contenido interesante, y por lo de que me he apuntado al gimnasio, ¿verdad? También os dejo el* link *a mi cuenta de Twitter, ya sabéis que allí vale pegarse, y de mi Facebook, aunque esa red está muerta y solo entran mi abuelo y sus colegas de petanca. Total, que vamos con un nuevo vídeo. Hoy...* ¡Secuelas! *Dentro cabecera.*

Esto de las segundas partes es un tema que me tiene loco y que me habéis pedido muchos en los comentarios. Y es que cada vez hay más secuelas en la literatura Young Adult, *ya lo veis en mis redes que hago vídeos de segundas partes a saco. La mayoría son continuaciones que desarrollan un mismo universo, pero en un tiempo posterior. Repiten personajes, trama... Una moda que ahora parece que es la norma en la literatura. Vamos, es que últimamente no hay bestseller sin su segunda parte y eso ya os digo yo que es porque se supone que va a ser un acierto seguro. A los lectores, ya los tienes, les moló la primera parte, así que vuelves a darles lo mismo y pican de nuevo. Hay gente que dice que sus autores son poco arriesgados, que van con el chip de «esto me ha funcionado y lo repito hasta la saciedad». Igual sí, pero yo lo que digo es: si una novela ha sido un éxito, ¿debería ser autoconclusiva para no restarle valor? La realidad es que tienes unos personajes que funcionan, un universo interesante... Ya sabéis que no es fácil crearlos, que os he hablado de eso en este otro vídeo del que os dejo aquí el* link*... El caso, ¿solo puedes utilizar todo lo que has liado en una novela una vez?*

Me parece una movida, la verdad, y no sé qué haría yo si escribiera un libro que lo petase mucho. Lo que tengo claro es que las secuelas tienen sentido cuando han quedado cabos sueltos y las tramas no se han cerrado del todo. Intentar abrirlas de nuevo suele salir regular, que al final canta que la historia no se planificó así. Pero tú como escritor puedes decidir escribir un primer libro con respuestas, que, si no, es un poco tomadura de pelo, y escribir después un segundo en el que ampliarlas o incluso cambiarlas. La clave de las segundas partes es que tienen que sorprender de nuevo, y eso, repitiendo fórmula, es complicado de pelotas. Pero aquí está vuestro Koldo para daros las claves. ¡Tomad nota! Vamos a hablar de terror, que ya sabéis que es lo que a mí me la pone dura. Perdón por la ordinariez, mamá...

El caso, sabéis que hace tiempo escribí una novela de género en Wattpad, Martes 13, *un* thriller *en el que un asesino mata a los vírgenes del instituto. Es del género que yo llamo «todo el mundo es sospechoso», algo que se está poniendo de moda por las redes. Ya habéis visto lo mucho que está gustando la del payaso de la Complutense... Por cierto, no os olvidéis de votar por la Monja, tenéis el vídeo que le dediqué a la novela en los que he subido recientemente. Bueno, que me descentro. Hace tiempo publiqué* Martes 13, *pero he pensado empezar una segunda parte aprovechando el tirón de la novela del payaso en Wattpad. Total, que me he estado documentando un poco, y esto es lo que tiene que pasar en la secuela de una novela de terror...*

Primero, el lector tiene que dudar de todo lo que leyó en la primera parte. Por ejemplo, si el novio no era el asesino en el libro uno, ahora igual resulta que sí que lo es. Y es que eso de «todo el mundo es sospechoso» de lo que os hablaba, ahora es más un rollo «la historia se repite». Hay que volver atrás, mirar de nuevo cosas que se contaron de una forma y conseguir que ya nadie esté seguro de que fueron así.

¿Y qué más tiene que pasar para que la segunda novela sea diferente de la primera? Importante que aumenten el número de candidatos a víctima, y a asesino, por supuesto. En la continuación necesitas nuevos personajes más originales, más únicos y más diversos, que ya sabéis que en el siglo XXI *no conviene dejar a ningún colectivo sin representación o la cultura de la cancelación va a por ti. Si tienes más personajes, también tienes más muertes y estas deberían ser más originales. Ya no vale con rebanar un cuello. Ahora hay que cortar a la víctima en pedacitos, colocarlos en bandejas y venderlas en el súper. Las continuaciones van a saco en lo que a violencia se refiere, casquería a tope. En realidad, lo que ocurre es que van más a saco con todo. Las segundas partes están más aceleradas y se acercan al rollo* survival, *un género que va, literalmente, de sobrevivir. La protagonista —porque siempre es una chica, la prota en estas historias— corre que se las pela en una cuenta atrás que no suele superar las cuarenta y ocho horas mientras intenta averiguar quién está empeñado en amargarle la vida. El asesino parece sobrenatural y la prota ya no sabe qué hacer para cargárselo, aunque el gran cambio está en ella. Y es que la protagonista ya no es una chica inocente que no esperaba convertirse en el objetivo de un psicópata. Ahora viene marcada por sus miedos y tiene que superarlos para volver a salvar el pescuezo. Tiene que coger a sus fantasmas del pasado por los cuernos y darles de hostias, pero eso no es fácil, sobre todo porque no son los que se imagina. Y es que hay algo que es importantísimo si quieres convertir tu novela ya no en una bilogía, sino en una saga. Nunca, bajo ningún concepto, asumas que el asesino está muerto.*

Esto ha sido todo, Koldófilos. Abrazos y besitos.

COMENTARIOS

Martín Piñol

¿Este tío se cree que no hemos visto *Scream 2*? ¡Ha fusilado, de la peli, las normas de las segundas partes! Espero que venga Gosthface a banearle el vídeo.

Lara Hache
Pero eso era en las películas, aquí estamos hablando de una novela. No funcionan igual los libros que las películas.

Irene C😃ntenta
¿Este Koldo no es uno de los que murió en los asesinatos de la Complutense? Se lo merecía, qué pereza de tío.

Ángela Armero
A mí me ha dado bastante miedo, la verdad.

Alpuente
A este se lo cargaron en la feria del libro... Flipo, cómo es posible que este vídeo siga en YouTube.

Alfonso Parra
Yo creo que en una segunda parte tiene que pasar otra vez lo mismo y eso es un coñazo total, pero hay gente para todo y para leérselas también.

Ángela tenía la boca seca y un ligero regusto metálico en la punta de la lengua. Volver a ver a Koldo, aunque fuera en la pantalla de un ordenador, le había revuelto el estómago. Sus alumnos la rodeaban, aunque para ellos había sido de lo más divertido. La culpa era de Nerea que les contó lo del vídeo en el canal de Koldo sobre las segundas partes. Había llegado hasta él por casualidad, buscando cosas de la Complutense después de leer el libro de Ángela.

—Ha dicho que quería hacer una continuación de su novela justo cuando ese payaso iba a por los de la Complutense —recordó Estefan lo que todos habían escuchado en el vídeo—. Vaya tío, sí que tenía la sangre fría.

—Ojo, que igual es el asesino que revive para la segunda parte. Sería una fantasía máxima —bromeó Carola, como si no estuvieran hablando de alguien que perdió la vida y que su profesora conocía.

Ángela no reaccionó, ni a eso ni al debate que se montó en el grupo sobre lo que debía ocurrir en una secuela. En su cabeza solo estaba la imagen del vídeo de Koldo, grabado en su habitación de la residencia, como todos los que subía a su canal. Se veía solo un rincón, el de la estantería llena de libros, pero Ángela recordaba cada metro de ese cuarto, idéntico a aquel en que ella vivió. Algunas noches, al cerrar los ojos, aún oía el ruido escalofriante de las copas de los árboles del jardín de la residencia de la Ciudad Universitaria movidas por el viento. Desde aquella habitación, Koldo le contó a toda la Complutense que el payaso estaba escribiendo una novela. Les pidió que le siguieran en redes y que votaran para que acabara primero con Ángela. Lo hizo por miedo, porque Koldo era un cobarde, alguien con tan pocas agallas como para vender a cualquiera con tal de salvarse. Ángela le había perdonado lo que hizo, quizás porque Koldo terminó encerrado en su propia trampa. Murió en la feria del libro, como recordaban los comentarios. Ella aún tenía pesadillas, con su cuerpo agujereado cayendo a plomo sobre el suyo, con aquella sangre oscura de sabor metálico que acabó manchando sus dientes y ahogándola. Fue el primer cadáver que vio; hasta entonces, el payaso solo había sido literatura. En aquel momento, tomó conciencia de que el asesino era real y de que ella iba a morir de verdad.

—Esto es una guía para una segunda parte. Igual te viene bien —bromeó Prada.

—Tío, te estás pasando —le abroncó Estefan.

El resto de compañeros también vieron con malos ojos la provocación de Prada.

Ángela evitó enfrentarse a él, apretó los dientes mientras recordaba en silencio que era la profesora.

—Ya ha pasado el tiempo que os di para hablar de los crímenes. Con creces. A partir de ahora nos olvidamos de la Complutense y nos centramos en vuestras novelas. ¿De acuerdo?

Dejaron la sala de ordenadores y volvieron al círculo de sillas para hablar de lo que tenían que hablar: escritura.

Ángela consiguió que la voz no le temblase: las páginas de las novelas de los estudiantes la ayudaron a olvidarse del pasado. Bahía fue la que más consejos le pidió, y también la que más le agradeció los comentarios. Carola escuchó lo que Ángela tenía que decir de su novela, primero con ironía y, después, con un punto de sorpresa porque le gustaba lo que le proponía. Con Estefan también acertó, aunque era cierto que tenía el carácter más agradecido. Al hablar con Nerea, Unax y Rober fue todo más silencioso, quizás porque ellos lo eran o porque Ángela no supo encontrar la tecla con la que abrir la conversación. En cualquier caso, la escucharon y se mostraron dispuestos a trabajar en la dirección que les propuso. Con todos ellos habló de universos, personajes y estructuras narrativas. También de narradores, de sus tiempos y sus voces. De cómo conseguir que una novela te atrape y no seas capaz de cerrar el libro porque cada final de un capítulo te obliga a continuar leyendo. De primeros, segundos y terceros actos. De anagnórisis, puntos de giro y del clímax. Ángela habló con sus alumnos de literatura, esa que a veces no recordaba lo mucho que amaba. Lo hizo con todos, menos con Prada, que se mantuvo casi siempre con los brazos cruzados y el resto del tiempo mirando las páginas en blanco de su cuaderno o soltando algún que otro resoplido, sobre todo cuando era Ángela la que hablaba. Ella los dejó pasar todos, hasta que ya solo faltaban unos minutos para terminar la primera reunión.

—Prada, tengo algunas notas sobre lo que estás escribiendo. ¿Quieres que las comentemos? —le preguntó Ángela, sin perder la sonrisa, aunque no era nada fácil conseguirlo.

—Adelante —le respondió con desgana.

Una provocación más que eligió ignorar mientras se centraba en las notas que había tomado sobre el texto de Prada.

—Es de terror. Ya sabes que ese es un género en el que he navegado, así que creo que puedo entender tus intenciones y el estilo con el que la estás escribiendo.

A pesar de que Prada apenas levantó la vista para escucharla, Ángela le dijo que el texto era interesante, aunque en algunas partes quizás requería de más trabajo. También le dijo que sin personajes no había nada, algo que sentía que podía mejorar, y que una cosa es de lo que va la novela y otra de lo que de verdad va la novela. Prada parecía tener respuestas para cada comentario, siempre mostrándose a la defensiva. Pese a los esfuerzos de Ángela, la conversación fue tornándose más y más incómoda entre ellos. Los alumnos les observaban moviendo de uno a otro el cuello como si fuera la final de un partido de tenis.

—En el terror la clave es la atmósfera. No sirve de nada describir escenas terroríficas si en el aire no hay algo que lo envuelva todo hasta convertirlo en claustrofóbico —le explicaba Ángela, convencida—. Eso es algo que me ha faltado en tu historia. Tienes frases muy potentes, pero creo que necesitas trabajar más esa atmósfera.

—Bueno, esa es tu opinión —le dijo Prada, sin mirarla a los ojos y tampoco sin ocultar el desprecio en la voz.

—Tío, por qué te pones así, solo te está ayudando —le reprochó Estefan, el único que parecía tener la confianza para decírselo.

—Y yo te lo agradezco, Ángela, de verdad —le decía, aunque era obvio que a sus palabras les faltaba sinceridad—. Pero es que creo que el problema no es lo que yo he escrito. Tenemos estilos, digamos, diferentes. No te ofendas, pero el tuyo no me interesa demasiado.

—Prada, ¿tienes algún problema con que yo sea tu profesora? —le preguntó, sin rodeos.

—Para ser sincero, cuando me hablaron de este curso esperaba que nos acompañara alguien con más experiencia.

Le acababa de colocar en una bandeja todos los miedos que había barajado antes de aceptar el trabajo. A pesar de eso, Ángela intentó no mostrarse como si el florín hubiera acertado en el centro de su corazón.

—¿Mi carrera no te parece suficiente?

—No creo que estemos en el mismo rollo. Yo invento historias. Las tuyas casi te han caído del cielo...

Para mantener la calma, Ángela se repetía que ese chico no la estaba insultando. Hasta que dejó de hacerlo.

—Ya que tú has sido tan sincero, Prada, creo que es justo que yo también lo sea —rompió Ángela la conversación del grupo.

—¿A qué te refieres? —le preguntó Prada.

—Hay algo más que no te he dicho sobre tu novela. Creo que lo que estás escribiendo es mediocre. Tiene ínfulas de alta literatura, pero ni siquiera es válido como narrativa comercial. No solo por la temática, que no tiene nada de original, sino que tampoco el estilo es correcto. Abusas de los cultismos, de lo adverbios y de estructuras gramaticales similares. Por no hablar de la ausencia de códigos de terror.

Habló sin freno, resaltando todo lo que no era correcto en el texto de Prada y justificando por qué no lo era. Al resto de los alumnos de la clase se les escapó alguna risita y frases en voz baja como «menudo repaso», «le está bien merecido» y «es que no se puede ir tan de listo».

—Eso según mi criterio, pero si no crees que es correcto tal vez no tenga mucho sentido que trabajemos juntos en este taller —concluyó Ángela, que ahora tenía dureza en la voz.

En la universidad, no habría sido capaz de hacer algo así. Frente a una persona como Prada, experta en empequeñecer al resto, siempre reaccionaba con silencios. Ya no era esa chica de la Complutense, los años y todo lo que vivió la habían obligado a cambiar y a ser capaz de colocarse en el lugar que merecía.

—Tienes toda la razón —le dijo Prada, que al fin la miraba a los ojos, con las pupilas llenas de rabia.

Después se marchó, aunque casi tiró la silla al levantarse y dio un portazo que hizo temblar las paredes.

—Lo siento —se disculpó Ángela con el resto de chicos del grupo.

Se sentía culpable por haberse defendido de esa manera, aunque, una parte de ella, sabía que solo había sido eso, una defensa. A pesar de todo, fue capaz de retomar la reunión y cerrarla como merecía.

—Seguimos mañana —les dijo a sus alumnos cuando el reloj marcó la hora—. Ánimo a todos con la escritura.

Ellos también le dieron las gracias y salieron de la sala. Todos menos Bahía, que se acercó a incidir en lo agradecida que estaba. También quería hablarle de Prada y de lo que había ocurrido.

—No estoy orgullosa de ello, pero nosotros estuvimos juntos un tiempo. Prada es un chico complicado...

—Sí, algo he detectado.

—En realidad, me refiero a que es violento.

Ángela torció el gesto como se hace cuando algo te sorprende, aunque no tanto como debería.

—¿Te refieres a algo concreto que ocurrió?

—Nunca pasó de los gritos, pero supongo que una parte de él fantasea con ir más lejos. Ya has leído lo que escribe. Parece que sueñe con matar.

Vísceras sangrientas que escapan entre las manos, rostros llenos de hematomas, huesos que crujen al romperlos, pieles arrancadas a tiras, cráneos reventados contra paredes, lenguas rajadas, dientes arrancados, labios cosidos, falanges cortadas y corazones atravesados. Eso era lo que había entre las páginas de la novela que estaba escribiendo Prada. A Ángela le había parecido que solo buscaba provocar con descripciones en las que la sangre sumaba miles de litros, aunque quizás no era solo eso.

—Creo que los que escriben cosas así tienen que estar mal de la cabeza, pero supongo que solo es ficción. —Antes de marcharse, Bahía dijo algo más—: Una vez Prada me dijo que a veces soñaba con matar de verdad. Estaba convencido de que, si lo hiciera, podría escribir lo que de verdad se siente.

12

—¡El que no apoya no folla!

Lo gritó Carola con la lata de cerveza apuntando al cielo, en el que ya solo quedaban los últimos rayos de sol. El olor de los árboles se mezclaba con el de las hamburguesas que salía de la barbacoa. El muelle se había convertido en la pista de una discoteca, decorado con guirnaldas de luces de colores que iban y venían porque el generador no funcionaba del todo bien. Pasaba lo mismo con la música que salía de los altavoces, canciones de Hinds, Carolina Durante y Kasabian, que daban ganas de bailar. Al brindis se sumaron Estefan, Rober, Bahía y Nerea.

El único que faltaba en la fiesta de bienvenida era Unax, que no había salido de su cabaña en toda la tarde. Y el único que no parecía pasarlo bien era Prada. Le flotaba en la cabeza todo lo que había ocurrido en la clase de Ángela, y más cosas que se guardaba en su interior. Cuando ya había bebido suficientes latas de cerveza, se acercó a Estefan.

—Vamos a hacerlo esta noche.

—Tío, olvídate de esa locura —le dijo Estefan, sin tomárselo en serio.

—Esa tía se lo merece, ¿no has oído lo que me ha dicho en clase? —se mostraba indignado Prada.

—Tú sí que te merecías lo que te ha dicho —le dijo Carola que escuchaba la conversación—. ¿En serio sigues con lo de hacerle la broma del payaso asesino?

Había traído el disfraz del payaso de la Complutense. Quería que ellos lo grabaran con el móvil para poder subirlo a redes.

—Ni se os ocurra hacer eso... ¿No habéis leído su libro? Si Ángela ve aquí un payaso, igual le da un infarto —dijo Nerea.

Al final, se enteraron todos los del grupo. A nadie más que a Prada le parecía buena idea, por muchas latas de cerveza que llevaran encima.

—Sois un puto coñazo —les dijo, antes de marcharse del muelle.

—Prada, ¿adónde vas? ¡Prada! —le gritó Estefan, al ver que se alejaba.

Ángela también vio marcharse a Prada de la fiesta, aunque desde la mesa bajo la pérgola, algo alejada del muelle, en la que cenaba con Nando y Laura. Hamburguesas de la barbacoa, nachos con guacamole y cosas así. El que menos picoteaba era Nando, más pendiente de la lata de cerveza que bebía a tragos cortos como si quisiera tener la boca siempre ocupada para no tener que hablar. La conversación la llevaba Laura, contando anécdotas de sus alumnos y las novelas que después se habían publicado.

—Estoy segura de que de este retiro saldrán unos cuantos libros. Todos tienen mucho potencial. —Por la forma de arrastrar las palabras, se notaba que Ángela estaba mintiendo.

—¿Qué tal el de Prada? ¿Realmente es el próximo Stephen King?

Ángela intentó sonreír como respuesta, pero su sonrisa solo abrió más interrogantes, que le llevaron a confesar lo que había ocurrido en la clase. Sirvió de poco que le restara importancia.

—¿Por qué no me lo has contado? —le preguntó Laura, sorprendida al conocer los detalles de la historia.

—Ha sido una tontería, de veras.

—No lo ha sido. Ese tío se ha reído de ti, Ángela.

Nando tampoco entendía por qué su novia no le había dejado las cosas claras. A veces, le costaba entender que eligiera el silencio en momentos en los que él ya habría dado más de un golpe en la mesa.

—Porque solo es un alumno inseguro al que le molesta tener una profesora casi de su edad. Lo último que necesito es darle motivos para que me odie aún más.

—Sí, pero no tienes por qué aguantar faltas de respeto. Hablaré con él —dijo Laura, pero Ángela la agarró del brazo.

—Laura, por favor, déjame que intente manejarlo yo...

La coordinadora suspiró y volvió a sentarse.

—No te entiendo, Ángela. Ese tío es un capullo. No se merece que le disculpes.

—Ese tío es mi alumno, Nando. Ya está bien.

Le recordó que no estaban en la universidad. Que Prada no era un compañero de clase al que podía ignorar o hasta plantar cara. Ahora ella era la profesora y debía comportarse como tal. Y él no podía ser el novio sobreprotector que lo mirara mal como había estado haciendo durante toda la noche. Ni siquiera le había estrechado la mano cuando Ángela le presentó a todos sus alumnos, al llegar juntos a la fiesta.

—Os dejo un rato. —Laura rompió el silencio tenso que se había formado.

Sin embargo, fue Ángela la que quiso marcharse, forzando de nuevo una sonrisa.

—Estoy cansada, ha sido un día largo. Quedaos vosotros, pasadlo bien.

Ángela quería estar un rato sola y despejarse la cabeza. Nando la conocía lo suficiente para saberlo, así que no se levantó de la silla más que para darle un beso de buenas noches. Además, tampoco podía demostrar que lo último que quería era estar a solas con Laura porque eso podría hacerle sospechar a su novia lo que ocurrió.

—¿Se lo has contado? —le preguntó Laura a Nando cuando estuvieron solos.

—No. Y tú tampoco se lo vas a contar.

Mientras tanto, Ángela recorría el camino de farolillos que distribuía las cabañas del campamento. Tenía en la cabeza todo lo que había pasado, aunque trataba de relativizarlo y se prometía que, por la mañana, lo vería mucho menos importante. El paseo era agradable, igual que la noche, de esas en las que con una chaqueta sobre los hombros ya no se pasa frío. Aún podía oír la música de la fiesta del muelle, aunque cada vez quedaba más lejos y la iban envolviendo los sonidos del bosque. El viento era más bien una brisa que mecía las ramas de los árboles, cuyas hojas sonaban como si fueran maracas agitadas con suavidad. Hasta que todo se volvió terrorífico.

Las luces se apagaron. La oscuridad negra, sin luna, no dejaba ver nada de lo que tenía a su alrededor. Los mismos sonidos que la habían acariciado, ahora la asfixiaban. Intentó calmarse respirando y siguió andando por el camino, con las manos extendidas hacia delante, mientras las pupilas poco a poco se acostumbraban a la falta de luz. Empezaba a ver sombras entre los árboles sin saber si estaban allí o en su cabeza.

—Ángela... Ángela.

Le llegó un susurro y después el ruido de pasos sobre el camino de tierra. Lanzó miradas fugaces a su alrededor, hasta que encontró en una de ellas el haz de una linterna que se aproximaba. Era Gloria, la cocinera del campamento, que caminaba con pasos firmes.

—Se ha ido la luz del generador, suele ocurrir —le dijo sin amabilidad.

Ángela le preguntó por su cabaña. La cocinera se lo indicó con vaguedades, y no se ofreció a acompañarla. A solas de nuevo, Ángela empezó a andar lo necesario, intentando olvidar el susurro que había oído, llamándola. Hasta que volvió:

—Ángela... Ángela.

También le golpeó en la nariz un olor a azufre. Al fin, sus pupilas lo vieron en la oscuridad. Estaba allí, era el payaso asesino que empuñaba un martillo manchado de sangre. Y era real.

Lo primero que Ángela hizo fue gritar. Luego escapó entre los árboles, sin apenas ver el suelo por el que corría. Podía sentir el filo del martillo a solo unos centímetros de su espalda. Laura llegó de frente, enfocándolo todo con una potente linterna.

—Ángela, ¿qué ha pasado?

—¡El payaso, está aquí!

Pero al mirar tras ella solo había oscuridad. Las luces volvieron, al mismo tiempo que también llegaron Nando y sus alumnos, incluido Prada.

—Ángela, tranquila —le pidió su novio mientras la abrazaba.

Estaba segura de que esta vez ese payaso no la había perseguido solo en su cabeza. Era real.

—No me puedo creer que al final lo hayas hecho, Prada —le castigó Carola con la mirada.

—Yo no he sido, ¿vale? —juró, y le mostró las palmas de las manos.

—¿El qué no has sido? —preguntó Laura, que ya se lo imaginaba.

Entre los que lo sabían, contaron a los más mayores del campamento que Prada había llegado con la idea de hacerle la broma del payaso asesino a Ángela, que había traído uno de esos disfraces y que ellos le habían intentado convencer de que se olvidara del asunto.

—No he sido yo, ¿vale? —insistió Prada, a pesar de que todo lo anterior sí que era cierto.

—¿Y dónde estabas durante el apagón? —le preguntó Laura, que no creía en su inocencia.

—Intentando volver a mi cabaña. ¿Y tú?

En realidad, el apagón había hecho que el payaso pudiera ser cualquiera de los que estaban en el campamento. Todos se habían dispersado cuando se fue la luz.

—Yo no he sido —insistió Prada, cansado de que sus compañeros le señalaran.

Además, allí no estaban todos. Faltaba Unax, que ni siquiera había ido a la fiesta.

—¡Os puto repito que yo no he sido! Podéis ir a mi cabaña, tengo el traje de payaso sin sacarlo de la bolsa —zanjó Prada, que fue directo a por Ángela—. Igual se lo ha inventado esta tía, que está loca. Lo ha contado en su novela, ¿no?

Y Nando le dio un puñetazo con tanta fuerza que Prada cayó al suelo. Iba a tirarse sobre él y darle otro más, y otro, pero Ángela le obligó a que le soltara.

—¡Nando, para! ¡Para!

No le agradeció lo que había hecho, por mucho que fuera para defenderla. Iban a discutirlo durante horas esa misma noche, al volver a su cabaña. Nando acabaría decidiendo que se marcharía por la mañana, en la barca que salía del muelle al amanecer, porque no estaba ayudando a Ángela y eso era lo que en realidad quería hacer.

Antes de que hablaran de todo eso, Prada escupió sangre varias veces por los golpes que le había dado Nando.

—¿De qué vas, tío? Parece que quieras matarme —le acusó antes de marcharse.

Con eso terminó la fiesta y cada uno volvió a su cabaña. Laura advirtió a los alumnos de que lo ocurrido tendría consecuencias, aunque las decidiría al día siguiente.

—Os digo que yo no he sido —dijo Prada por última vez a sus amigos antes de marcharse.

Ángela pensó que, en realidad, no tenía por qué engañarles. Prada habría estado orgulloso de haber hecho la broma del payaso asesino. Que no lo reconociera solo significaba que no había sido él.

13

El sol bañaba el lago con ese brillo especial que lo convertía en cristal. Un resplandor que entraba por la ventana de la cabaña de Ángela, despierta bajo las sábanas. Sentía el peso de la falta de sueño, apenas había sido capaz de cerrar los ojos unas horas. Encima, al abrirlos, el miedo seguía danzando dentro de su cuerpo como una serpiente, desde la punta de los pies hasta las manos. Tenía grabada en las pupilas la careta del payaso asesino que vio entre los árboles de ese bosque que la rodeaba, ahora dorado, aunque de noche era como los de los cuentos. Ángela no dejaba de revivir esa oscuridad y el sonido de los zapatones tras ella en el camino de tierra, persiguiéndola. ¡Plas, plas, plas! Tampoco se le había despegado de la nariz el olor a azufre, idéntico al que flotaba en el aire de Carrión, el pueblo que para Ángela tenía el aroma de la muerte. Lo que ocurrió la noche anterior en el campamento le resucitó el terror del pasado, aunque todos estaban convencidos de que solo había sido una broma de mal gusto de Prada. Todos menos Ángela.

—¿Y si no ha sido él? —se preguntaba Ángela al volver con Nando a la cabaña, solo unos minutos después de que todo hubiera ocurrido.

—Está claro que ha sido él. Tenía el disfraz en su cabaña, lo había hablado con el resto...

Ángela trató de convencerse de que eso era lo que había

ocurrido. Cualquier otra opción la hacía temblar y necesitaba dejar de hacerlo. Además, estaba enfadada con Nando, que aún tenía los nudillos doloridos por el golpe que le había dado a Prada. Lo hizo con todas sus fuerzas al ver a Ángela arrodillada en el suelo y con la respiración disparada porque el payaso la había perseguido.

—No me puedo creer que le pegaras, Nando. ¿No has cambiado nada en todo este tiempo?

A veces, sentía que Nando era ese mismo chico que conoció en la época de la universidad, celoso e incluso posesivo. Sentía que esa violencia seguía dentro de él, aunque dormida, y que cuando despertaba lo hacía de la peor forma posible. Justo como había hecho con Prada.

—Solo intentaba defenderte —le dijo, sin atreverse a mirarle a los ojos.

—¿Porque soy una chica? Nando, estamos en el siglo XXI. No necesito que me defiendas. No lo necesitaba antes y tampoco lo necesito ahora —le repitió Ángela, enfada.

Discutieron hasta que Nando se tranquilizó y le pidió perdón por lo que había hecho. También le dijo que de veras creía que lo mejor era que se marchara. Prada podía incluso denunciarle por haberle pegado y que Ángela acabara metida en un lío porque había sido ella la que le invitó a acompañarla al retiro. Ella lo hizo porque esperaba que fuera su muleta, pero le había fallado. No lo dijo ella, esa fue la conclusión a la que llegó Nando, y el principal motivo por el que decidió que se marcharía en la única barca que salía a diario desde el muelle del campamento, al amanecer. Sirvió de poco o de nada que Ángela insistiera en que quizás sería suficiente con que se disculpara con Prada.

—Es mejor que me vaya —zanjó Nando, mientras cerraba la cremallera de la bolsa que sonó como una sierra.

Miró de nuevo el reloj para así evitar los ojos de Ángela e insistió en que se iría en la barca.

—Lo siento —añadió Nando, y luego le dio un beso con los labios pegados.

—Me sorprende que no prefieras solucionarlo. Tú no eres así...

Nando era bueno reconduciendo las discusiones, mucho mejor que Ángela. Por eso le sorprendía que estuviera tan cerrado a la posibilidad de solucionar aquel asunto con una disculpa a Prada y quizás una explicación a Laura.

Ángela tenía motivos para desconfiar porque la realidad era que había algo que Nando no quería contarle. El motivo por el que no se atrevía a mirarla a los ojos. En lugar de eso, le pidió a su novia que lo dejara estar.

—Te prometo que no estaré todo el día tirado comiendo *pizza* y perdiendo el tiempo —bromeó Nando, y se echó en la cama para aprovechar las horas que quedaban hasta la salida de la barca.

—Puedes aprovechar para escribir tu novela...

Nando no le contestó a eso.

—Te quiero —le dijo.

Pero se marchó y la dejó sola en el lago.

Ángela intentó quitarse todos esos sentimientos negativos de la piel con el agua de la ducha. Mientras se vestía para ir a la segunda clase, se recordó a sí misma que era la profesora, aunque le costara creérselo, y que lo primero que debía hacer era comportarse como tal. Darle importancia a la broma de un estudiante solo la convertiría en lo que Prada pensaba que era: débil. Lo que en realidad necesitaba era confiar en que ya no era una estudiante inocente asustadiza, sino alguien que había sobrevivido a una matanza, que podía escribir sobre ello e incluso enseñar al resto a exorcizar sus fantasmas a través de las letras. Nadie tenía por qué saber que, en realidad, necesitaba medicación psiquiátrica para sobreponerse al miedo que anidaba en su interior de una forma desgarradora.

—No puede ser, las dejé aquí.

Se lo dijo a sí misma abriendo el armario y buscando entre su ropa. Buscaba las pastillas que necesitaba tomar para mantener la coulrofobia a raya —lo ocurrido la noche anterior la había revuelto—, pero no las encontró. Habían desaparecido. La caja no estaba en la segunda balda, tras la bolsa, donde creía haberlas dejado.

—Tienen que aparecer, por favor...

Empezó a dudar, quizás no las guardó en el armario, o las cambió de sitio para que Nando no las viera, ya que esa parte de su vida se la estaba ocultando. Siguió revolviéndolo todo, pero tampoco estaban en los otros estantes, ni en la maleta. No las encontró debajo de la cama ni en ningún rincón de la cabaña. Habían desparecido. La única explicación que encontraba era que Nando se las había llevado por error, al guardar su ropa en la bolsa sin mirar mucho lo que metía dentro, por las prisas. Miró la hora, la barca ya se habría marchado y Nando en ella, así que no tenía forma de comprobar si era eso lo que había ocurrido.

—Tranquila, no tiene por qué pasar nada —seguía hablando sola, en susurros, para tranquilizarse.

Se lo repitió varias veces, eso y que había pasado años sin necesitar ninguna pastilla. Todo se había descontrolado en los últimos tiempos, eso era cierto, pero ahora estaba en ese lago de cristal, lejos de todas las muertes. Allí los payasos asesinos solo eran bromas como la que le había hecho Prada, y no necesitaba ninguna medicación para ahuyentarlos. La segunda vez que se lo dijo en voz alta tembló algo menos.

—Ángela, ¿estás lista? —oyó a Laura al otro lado de la puerta.

Venía a buscarla para ir juntas al desayuno. Ángela disimuló cómo se sentía en realidad y fue con ella hacia el comedor.

—Oye, siento mucho lo que pasó anoche con Prada.

—Y yo, pero, en realidad, no es culpa nuestra, así que

ninguna de las dos debería disculparse —le dijo Ángela, restando importancia con un gesto de muñeca.

Tuvo que contarle que Nando se había marchado del lago. Laura le dijo que lo lamentaba.

—Me sorprende porque él siempre está mucho más dispuesto que yo a solucionar los problemas —le contó Ángela—, pero es que ni siquiera quería ver a Prada.

—Pues no le han quedado más narices que tragárselo...

Le contó que Prada también se había marchado del campamento, en la misma barca que el novio de Ángela. Lo sabía porque ella se presentó en su cabaña a primera hora para hablar de lo ocurrido, con la duda de si echarlo o darle otra oportunidad; esperaba que la conversación se lo aclarara, aunque esa nunca llegó a ocurrir.

—No estaba, ni él ni sus cosas, en la cabaña —le contó Laura.

Ángela recordaba que la noche anterior Prada había amenazado con largarse.

—Que Prada se haya marchado es lo mejor para todos, Ángela. Se pasó con la bromita del payaso.

—Supongo que sí...

Una parte de ella sentía que había fracasado al no haber sido capaz de ganarse el respeto de ese chico.

Cuando llegaron al comedor, Ángela tomó un café con leche rápido, una tostada y fue a la sala del taller de escritura. Quería tenerlo todo preparado para cuando llegaran los alumnos. Descorrió las cortinas, de tela gruesa como de saco, y dejó que la luz entrara por las ventanas de marcos de madera. Sacó los apuntes del bolso y repasó lo que quería contarles en esa segunda sesión, más centrada en los diálogos. Al leer sus novelas había notado que, en la mayoría, los diálogos eran el punto flaco, y necesitaban trabajarlos. Ángela iba a contarles que los personajes no debían hablar sin que sus voces siguieran una estructura narrativa y que debían tener armonía, como las notas de una partitura musical.

También que dialogar era una de las partes con más magia de la escritura porque el lector tardaba lo mismo en leer un diálogo que el personaje en decirlo en voz alta, lo que generaba realismo. Por eso, nunca deberían caer en la tentación de rellenar páginas y más páginas con frases en voz alta con el objetivo de acelerar la narración. Ángela quería contarles a sus alumnos que las frases que los personajes decían, su verdadera voz, debían tener peso emocional, que la esencia de una novela era lo que ocurría en la historia y eso era lo que debían contar los diálogos de los personajes. Quería explicar a sus alumnos todo lo que Cruzado le había enseñado en clase a ella.

Resultaba terrorífico que la persona que le había descubierto las claves de la escritura fuera la misma que intentó matarla. También a la que ella había matado con sus amigos.

No le había resultado fácil recuperar los apuntes que tomó en las clases de Cruzado para preparar el curso. En las esquinas de las páginas tenía las fechas escritas de los meses antes de que todo ocurriera. Enfrentarse a esas líneas le había confirmado que una parte del hombre que cambió su existencia aún vivía dentro de ella. Lo hacía en todo lo que le había enseñado porque fue su mejor profesor y no podía deshacerse de eso. Cruzado la perseguiría para siempre, a no ser que Ángela dejara de escribir.

Intentó borrar de su mente la imagen del profesor mientras releía los apuntes. Cuando le recordaba, no lo hacía como aquel hombre que se movía por el aula magna mientras ofrecía las mejores respuestas a las preguntas de los alumnos. Ángela veía a Cruzado muerto, atravesado por la estatua del Quijote bañada en sangre oscura. Con los ojos abiertos, como señalándola con ellos. Era una imagen que le provocaba náuseas y que sabía que nunca podría borrar de su memoria.

Miró el reloj, unos minutos más y su segunda clase comenzaría. Antes de que llegaran los alumnos, Ángela colocó bien las sillas. Optó por apartar la que Prada había ocupado el día anterior; verla vacía durante la clase lo convertiría en un fantasma. No pudo moverla del suelo porque le temblaron las manos.

Había algo en el asiento que acabó helándole la sangre. Eran varias páginas impresas en una máquina antigua, como las de una novela. Con solo leer unas líneas se le disparó la respiración. Reconoció de inmediato a ese narrador que juntaba letras hasta bañarlas en una violencia enfermiza que despertaba la náusea. En la última página estaba la firma de su autor, en color rojo sangre. El payaso asesino. La muerte que contaba era la de Prada.

14

CAPÍTULO 1: El Payaso del Lago

¡Al fin he vuelto! Dios, ha pasado tanto tiempo que creía haber olvidado lo mucho que me excita matar. Pensaba que quizás ya no sentiría lo mismo, que la nostalgia funciona siempre como un amplificador de las emociones del pasado, pero he disfrutado tanto como la primera vez. Me he emborrachado de placer al ver cómo mis manos se iban manchando de sangre. El sonido de los huesos partiéndose con cada golpe de martillo ha sido música para mis oídos. El olor de la carne abierta ha sido el mejor de los perfumes. Yo, el payaso asesino, he vuelto a matar.

Cuidado, matar no me convierte en un asesino y menos con los motivos por los que lo hago. Soy más parecido a un justiciero. Si queréis señalar a alguien como culpable deberíais apuntar con el dedo a la Monja. Ya no debería llamarla así, hace tiempo que se convirtió en una sucia zorra. Hablo de Ángela, por ella he vuelto a matar. Y la nombro porque ya no necesito ocultar su nombre. Esta novela es solo para ella.

La primera a la que maté fue a la actriz que la

interpretaba. Su muerte fue el capítulo 1 de esta nueva novela que es, en realidad, una continuación de la anterior.

Prometo que no os defraudará, voy a saldar todas las cuentas del pasado. Esta vez, la Monja morirá, aunque antes quiero que sufra.

Os confieso que imaginaba que la Actriz era ella mientras la perseguía por ese plató lleno de recuerdos. Ese descansillo, los pasillos de la universidad, forrados con los mismos azulejos, en los que la amenacé con aplastarla con el martillo. ¡Eran reproducciones de los escenarios en los que asesiné a los amigos de la Monja! Estar allí de nuevo fue mágico, aunque ya no soy la misma persona. No lo digo solo porque mi rostro a lo mejor ha cambiado, algo que tendréis que descubrir vosotros, mis queridos lectores, a lo largo de esta novela. Esto es una segunda parte y debería sorprenderos tanto como sorprendí yo a la Actriz. Pobrecita, no esperaba encontrarse conmigo a solas en ese plató, ni mucho menos que iba a morir igual que lo había hecho Cruzado, atravesada por el arma del Quijote. Fue tan divertido acosarla por ese decorado de cartón piedra, vestida como Ángela, con su mismo corte de pelo… La interpretaba tan bien que incluso sus gritos me transportaban al pasado, llevándome al éxtasis. Solo echaba de menos su olor. El de Ángela es más sucio.

Lo reconozco, estoy obsesionado con ella. Fantaseo cada segundo de mi vida con terminar con la suya destrozándole la cara a golpes. En realidad, podría hacerlo en cualquier momento, solo estoy esperando porque disfruto mucho viéndola sufrir. Quiero que todo lo que toque, todo lo que esté cerca de ella, muera. Literalmente.

En todo este tiempo que he estado con las manos atadas, Ángela ha pasado de estudiante a profesora. Ninguno de sus alumnos se la toma demasiado en serio, aunque había uno de ellos que la detestaba más que nadie. Hablo en pasado porque el engreído ya está muerto. Era tan irritante como la basura que escribía. Se consideraba un narrador de terror portentoso, el heredero patrio del legado de Stephen King, pero sus líneas estaban vacías de literatura. Abusaba de los cultismos, esos que solo demuestran inseguridad y que los escritores de verdad no necesitamos porque sentimos de verdad lo que escribimos. Por eso yo lo hago de una manera tan bestia, sin preocuparme de seguir las normas de ningún paradigma literario. Yo quiero que mis lectores sientan la violencia, el miedo y el asco, y nada de eso se consigue con epítetos. Quizás el engreído lo habría aprendido si hubiese sido yo su profesor, pero tuvo la mala suerte de caer en la clase de la Monja. Y también tuvo la mala suerte de que todos creyeran que la bromita esa de acosarla por el sendero del campamento se la hizo él…

¡Sorpresa, fui yo! Me encargué de seguir su sucio olor por el campamento, de noche, después de que la noche con el torturado no le saliera como esperaba. El engreído no tuvo más remedio que marcharse a su cabaña después de que todos le señalaran como culpable. Hizo la maleta a toda velocidad y se preparó para escapar al amanecer, cuando llegara la barca que le sacaría de allí. Pero se encontró con una sorpresa en la puerta de su cabaña. Un mensaje que él pensó que le había escrito la influencer, otra zorra a la que aún no le ha llegado su momento… «Te espero en el muelle», eso era lo que decía. Al leer esa nota, el engreído creyó que su ex quería vaciarle los huevos. En realidad, era yo el que quería dejarle secas las arterias.

Se creyó lo de que le estaba esperando en el muelle, ese que queda lo suficientemente alejado para que nadie pueda escuchar tus gritos. Ya sabéis lo mucho que me gusta jugar, así que le dejé un rastro en el sendero que llevaba hasta allí. Ropa íntima de la influencer, tan manchada como ella. Cuando llegó a la meta, se encontró con que la bombilla estaba fundida. Los clásicos siempre funcionan.

—¿Dónde estás? —preguntó mientras se desabrochaba el cinturón.

Empezó a asustarse cuando se oyó música:

Mmm—mmm—mmm—mmm—mmm—mmm—mmm—mmm
Mmm—mmm—mmm—mmm—mmm—mmm—mmm—mmm
Mmm—mmm—mmm—mmm—mmm—mmm—mmm—mmm
Little bitty pretty one
Come on and talk—a to me
Lovey dobey lovey one. Come sit down on my knee

Thurston Harris. «Little Bitty Pretty One.» Rock and roll del año 58. Ya sabéis que es una de mis canciones favoritas, la he usado antes para matar.

El engreído encontró las bragas de la influencer empapadas en sangre. Después oyó mi risa. Se me escapó, no puedo evitarlo porque matar me pone muy contento y al fin iba a volver a hacerlo.

—¿Quién está ahí?

Me hizo esa y todas las preguntas típicas de estas situaciones mientras yo acariciaba el martillo con el que le iba a destrozar. Se le escapó un «socorro», y eso que aún no me había visto, aunque sí me oía. Al final, me encontró, pero eligió creer que todo había sido una broma. Preguntó que si debajo de la careta había la latina, el tío bueno, el loco, la copiota o cualquiera de los que estaba en el campamento. Le contesté dándole el primer golpe en las costillas. No quería que muriera, solo que empezara a sufrir. Fue muy divertido ver cómo intentaba escapar, retorciéndose de dolor cada vez que le golpeaba. Corría por el muelle gritando como si alguien pudiera oírle. Después llegó mi parte favorita, en la que le destrocé las muñecas a golpes, aplastando todos sus huesos, hasta que las manos se convirtieron en papilla y las separé del cuerpo. Hice lo mismo con sus pies, se los destrocé hasta amputárselos. Gritaba como una niña al ver los muñones que soltaban sangre a chorros. Me pidió que no lo hiciera, pero por supuesto que lo tiré al agua negra del lago. ¡Iba a ser tan divertido ver cómo intentaba flotar sin tener manos ni pies! Le ayudé a respirar un par de veces sacándole la cabeza cuando parecía que ya se iba a ahogar. No quería que acabara tan pronto, estaba gozando al verlo sufrir. Su rostro se fue hinchando y amoratando hasta hacerse irreconocible, parecía un muñeco de goma con los pulmones encharcados. Me sorprendió que aún pudiera hablar para pedir ayuda, rogándome que le dejara vivir. Ese era mi objetivo, que un narciso como él se convirtiera en un despojo capaz de rogar. Fue entonces cuando hundí su cabeza hasta que dejó de revolver el cuerpo. Luego llegaron las últimas burbujas, las que contaban que ya estaba muerto. Y mi risa.

He vuelto. Voy a matar a todos los de este club

de escritores, se lo merecen por lo que hicieron. Y voy a destripar a la Monja.

El Payaso del Lago

Ángela terminó de leer el capítulo de la nueva novela del payaso asesino. Sentía que la lengua se le había quemado con las palabras y que ahora tenía la boca llena de ceniza. Sus alumnos la habían escuchado en silencio. No todos temblaban, aunque el miedo recorría por igual sus cuerpos.

—¿Quién ha escrito eso? —preguntó Bahía, asustada.

La novela del payaso ya no era digital, ahora se podía tocar y oler. Eran páginas redactadas con una máquina de escribir antigua, con la firma en rojo, como si las teclas se hubieran empapado antes en sangre.

—Está claro que ha sido Prada, es un retorcido —dijo Carola, la única que sonreía porque se lo tomaba a broma.

Prada no estaba en su cabaña, dentro solo quedaba su olor, una mezcla de tabaco y colonia en la que se embadurnaba. Laura había intentado hablar con Capitán, quien pilotaba la única barca que pasaba por el lago al día, pero había salido al amanecer, como siempre, y no volvería hasta el día siguiente. Le llamó y le envió mensajes al móvil, sin que le respondiera.

—Lo que está claro es que ha desaparecido del lago —dijo Ángela.

Carola estaba convencida de que Prada seguía allí, escondido. Para ella, todo era parte de la misma broma. Empezó haciendo lo del payaso asesino y ahora simulaba ser el escritor de la continuación, por fastidiar a Ángela. Se había sentido de lo más humillado porque le criticara y estaba haciéndoselo pagar.

—Un campamento con asesino en serie incluido... Menudo topicazo de novela de terror se está marcando Prada —se reía Carola.

—No estoy segura de que sea una broma. A mí me faltan varias bragas y sujetadores —contó Bahía con la voz temblorosa.

Las había buscado por la mañana en la maleta, entre sus cosas, aunque al final pensó que quizás había olvidado esas prendas con las prisas del viaje.

—No sé, me parece demasiado hasta para Prada —dijo Estefan, que dudaba de lo que en realidad ocurría.

—Exactamente, ¿por qué merecemos que nos mate? —Unax recordó lo que había escrito el payaso en la última página.

—Por paranoicos. —Carola insistió en restarle credibilidad.

—Si es una segunda parte, seguirá la misma estructura —apuntó Rober, asustado porque ellos serían las siguientes víctimas.

—Si funciona como la primera parte, el asesino es uno de nosotros —apuntó Carola, divirtiéndose.

—No es igual, aquí no parece que haya homenajes a Stephen King —dedujo Nerea, releyendo las páginas—. Esta muerte a mí me ha recordado a la de Virginia en tu novela. ¿No se oía la misma canción?

Ángela no le respondió. Se agarraba las manos para que nadie viera la ansiedad que se le escapaba por entre los dedos. Estaba casi segura de que esas páginas las había escrito un verdadero asesino. La literatura de Prada era sucia y violenta, sí, aunque le faltaba el realismo que esas páginas tenían. Las palabras sonaban en su cabeza al leerlas justo como las que escribió el payaso que destrozó su vida.

—Me da igual si es una broma de Prada o no, esto da miedo —dijo Rober, que reconocía en voz alta que estaba asustado—. Deberíamos largarnos de aquí...

—¡Venga ya, cálmate! Yo hasta que no vea un cadáver no voy a ningún lado, que para una vez que me dan una beca...

Era cierto que no había ningún cadáver. Laura se había

encargado de rastrear el lago buscando a Prada. Lo hizo siguiendo los mismos pasos que el chico dio según lo que contaba el capítulo escrito por el payaso, deshaciendo su camino. Empezó por la cabaña y siguió hasta el muelle. Ni había barcas destrozadas, ni rastro de sangre, ni de nada que contara que allí había empezado el martirio de Prada. Hasta que dio con algo que quiso que Ángela viera en cuanto terminó su clase.

—No puede ser —dijo Ángela, al descubrirlo.

Estaba escrito en la puerta de la cabaña de Ángela, con sangre. Eran diez letras que formaban «CONTINUARÁ».

15

—Está ocurriendo de nuevo...

Ángela lo repetía una y otra vez mientras sus ojos trémulos leían ese «CONTINUARÁ» escrito en la puerta. No en una cualquiera, sino en la suya; el asesino lo había firmado para ella. La sangre del trazo goteaba hasta el suelo, tiñendo a su paso la madera de rojo negruzco. Los insectos se acercaban, atraídos por el olor de la muerte.

—No podemos contárselo a los alumnos —dijo Laura, cargada con un cubo lleno de agua y jabón.

En el mejor de los casos, pensarían que realmente había un asesino en el lago que quería acabar con ellos. En el peor, creerían que era uno de ellos, se acusarían los unos a los otros y la cosa terminaría en una desgracia mayor. Estaban en un lugar aislado, sin modo de escapar.

—Lo he hablado con la policía, me han recomendado que lo hagamos así.

—¿Cuándo has hablado con la policía? —le preguntó Ángela, sorprendida.

Mientras ella estaba en la clase, a través del único teléfono que había en el despacho. Le confesó que no se lo habían tomado muy en serio cuando les contó que Ángela estaba allí, ya habían recibido antes otras llamadas de ella de ese estilo.

—Me han dicho que les habías llamado varias veces por recibir continuaciones de la novela del payaso.

Sí, llamó a la policía las primeras veces que le pasó, cuando todo lo de la Complutense estaba vivo. El autor siempre había sido algún seguidor algo trastornado que quería llamar su atención, pero no un asesino. Esta vez ella sabía que era diferente.

—Hay que hablar con Novoa —le contó Ángela que era la única que la creería.

—Antes tenemos que limpiar esto, no lo pueden ver los chicos —insistió Laura, que empezó a frotar con la esponja para borrar la sangre, con energía.

Ángela quería ayudarla, pero se le congelaban las manos por el miedo. Esa sangre era real, por mucho que deseara que fuera de a saber qué animal, como decía Laura para restarle gravedad.

—¿No has leído lo que escribe Prada? Gente descuartizada, sangre por todas partes, vísceras... Te aseguro que ese chico es lo suficientemente retorcido como para hacer una broma así.

Quizás sí, pero Prada no escribía con ese estilo tan realista que podía leerse en las páginas del capítulo del payaso. Además, Ángela podía sentir en el aire ese olor a azufre que la trasladaba a Carrión. Tal vez estaba solo en su imaginación, pero tenía tanta fuerza como para engañar a su olfato.

—A lo mejor deberíamos irnos del lago.

—Ángela, entiendo que estés asustada, a mí también me está revolviendo el estómago todo esto, pero no podemos dejarnos llevar por el pánico. La policía me ha dicho que, si ocurre algo, vendrán a buscarnos, pero no pueden hacerlo solo porque un alumno mayor de edad se haya marchado.

Laura entendía que todo eso le trasladara hasta lo que vivió en la universidad, pero también le pedía que ella entendiera que el pasado no tenía por qué repetirse. Le dio ese y muchos más argumentos, sin que ninguno fuera suficiente.

—Además, tampoco podemos irnos, Ángela. Del campamento solo sale una barca al día, y hoy ya lo ha hecho.

—Podemos utilizar las barcas de remo —insistió, agarrándose a cualquier posibilidad para salir de allí cuanto antes.

—Tardaríamos montones de horas. Esas barcas son para dar un paseo, no para cruzar todo el lago —insistió Laura.

—¿Y la barca motora del guardés? Dijo que su casa quedaba al otro lado del bosque.

—Ángela, creo que estás demasiado nerviosa. Además, si insistes a los alumnos en que hay alguien haciendo esto, tal vez Nando saldrá perjudicado.

No le estaba acusando, solo ponía sobre la mesa algo que, tarde o temprano, acabaría saliendo a la luz. La muerte que se había escrito era la de Prada, pero el que faltaba en el campamento era su novio. Lo primero que todos pensarían era que su nombre se ocultaba detrás de la firma del asesino.

—¿Por qué iban a pensar eso? No tiene sentido —dijo Ángela, a la defensiva.

—Te recuerdo que anoche acabó a tortas con Prada...

Daba igual que Ángela repitiera que Nando se había marchado al amanecer, solo ella tenía motivos para creer esa versión. El resto lo conocían de lo que había ocurrido la noche anterior, y de lo de la Complutense, cuando su inocencia estuvo en entredicho y sus amigos le acusaron de ser el asesino.

—¿Y para ti también puede ser Nando el asesino, Laura? —le preguntó Ángela, con esa pose que se pone cuando algo te molesta de verdad.

Si lo pensaba, Laura lo negó. Lo que dijo fue que Prada, Bahía, Carola, Estefan, Nerea, Rober o Unax podían estar jugando a ser el asesino, pero que ninguno lo era en realidad.

—No hay payaso asesino, Ángela. Esto se lo ha inventado uno de ellos, estoy segura.

—¿Quién?

En realidad, no los conocían más allá de las clases. Laura cedió frente a la insistencia de Ángela y revisaron en el despacho toda la información que tenían sobre ellos, buscando algo que contara quiénes eran en realidad. También intentaron encontrar las líneas que explicaban por qué podían ser sus víctimas, ya que el payaso había dicho que merecían perder la vida.

—Tiene que haber un motivo, ¿no? —dijo Ángela, mientras comprobaba los expedientes de sus propios alumnos.

—Si lo tienen, no lo parece —dejó caer Laura, moviéndose por las páginas.

—¿Y si registramos sus cabañas? —propuso Ángela, que se negaba a darse por vencida.

Si alguno de ellos era el asesino, lo que tuviera entre sus cosas podría contarlo.

—¿Quieres que acabemos en la cárcel? Ángela, no podemos abusar de nuestra posición.

—Prefiero la cárcel. Laura, las siguientes podemos ser nosotras.

Laura tenía una copia de todas las llaves de las cabañas. Era buen momento para hacerlo, a esa hora estaban todos bañándose en el lago como decía el programa. No contaban con mucho tiempo, pero sí con el suficiente para echar un vistazo rápido, así que se sacudieron la culpa y entraron en las cabañas.

Cuadernos, apuntes, ordenadores, cargadores de móvil, ropa, cosméticos, alguna botella vacía, tabaco de liar, fichas de hachís, preservativos... Nada que contara más de lo que parecía. Lo único, un libro de Stephen King, en la cabaña de Nerea, pero en realidad siempre se había declarado fan de ese autor, así que no era una novedad. No conseguían encontrar ninguna prueba que demostrara que uno de ellos era un asesino. Tampoco ninguna prueba que demostrara que uno de ellos podría ser la futura víctima del payaso asesino.

—Si queremos saber quiénes son en realidad, deberíamos mirar sus ordenadores y móviles —dijo Ángela.

—Vamos a dejarlo, por favor —le pidió Laura, cansada

después de que al intentar entrar en la de Unax se hubieran encontrado con que el chico estaba dentro.

Faltaban otras dos cabañas por registrar. Las suyas.

—Espera... ¿Se supone que yo soy sospechosa?

—Tanto como lo soy yo. Te dejo mi llave para que registres la mía —le ofreció Ángela.

No era nada personal, pero hacía tiempo que Ángela había dejado de confiar en la gente.

—Oye, lo siento, pero preferiría hacerlo. Entiendo que te enfades.

—No me enfado —le cortó Laura, aunque se veía que la sonrisa era impostada.

No tenía nada que ocultar, eso fue lo que le dijo. Si quería registrar su cabaña, podía hacerlo.

—Aquí tienes mi llave, toda tuya.

Ángela fue a darle la suya, pero Laura la rechazó por segunda vez.

—A diferencia de ti, yo sí confío en la gente —le dijo, antes de marcharse enfadada.

Mientras abría la puerta de la cabaña de Laura, Ángela se esforzó en retener las lágrimas. Odiaba en lo que se había convertido, la chica recelosa que el payaso la obligaba a ser. Tan solo intentaba evitar que alguien más muriera. Lo habría conseguido en el pasado si hubiese sospechado de sus mejores amigos.

Despejó la culpa y entró en la cabaña. Olía al perfume de Laura, de cítricos. Echó un primer vistazo antes de registrar cada centímetro al detalle. En la mesilla había una montaña de trabajos de alumnos, pendientes de corregir. También libros, pero ninguno era de terror. Laura siempre decía que odiaba el género.

—Esas historias, con tanta niebla y gatos que aparecen de la nada, me parecen llenas de trampas —le contaba durante el primer café que se tomaron, en la cafetería de la Escuela de Escritores—. Siempre tengo la sensación de que les falta verdad.

—Pienso exactamente eso —dijo Ángela, aunque estaba segura de haber escuchado antes ese mismo argumento, sin que fuera capaz de recordar a quién.

Ángela siguió mirando en la maleta, en el armario, el cuarto de baño... No había nada extraño. Empezaba a sentirse rabiosa con ella misma. El payaso la había convertido en una persona que no era capaz de mirar su propio reflejo en el espejo del lavabo de la cabaña porque se avergonzaba de su comportamiento. En alguien incapaz de tener amigos sin pensar que querían asesinarla. Iba a salir ya y a pedirle una disculpa a Laura, pero una de las tablillas del suelo cedió sobre su pie, como si estuviera suelta. Lo estaba y, al moverla, dejó un hueco abierto. Dentro estaba la caja de las pastillas de Ángela.

16

—Os digo que Prada se lo ha inventado todo y está escribiendo al fin una novela en condiciones. ¡Es un puto genio! —gritó Carola, antes de meterse en el agua.

Estaban en la playa que se formaba en una de las orillas del lago, al norte. Estefan también estaba en el agua, ellos y Bahía eran los únicos que se habían metido. Nerea ni siquiera se había quitado la ropa, no le interesaba bañarse. Escribía tumbada en la toalla en el portátil, con los AirPods puestos. Rober quería hacer lo mismo, pero estaba demasiado asustado. No lo demostraba porque no quería que todos le tacharan de crío.

—No lo tengo tan claro —dudaba Bahía—. Si realmente fuera él, estaría aquí ahora para que le echásemos flores. Prada no se perdería este momento por nada del mundo...

—Quizás la esté publicando *online*, igual que la primera novela del payaso. Como no tenemos 5G no podemos comprobarlo —dijo Carola.

—Sea quien sea el que ha planificado esto, hay que reconocer que ha tenido olfato. Este es un sitio cojonudo para montar una historia de terror.

Eso lo añadió Estefan mientras se secaba en la orilla, frotándose los músculos con la toalla. Nerea intentaba no mirarlo, pero no podía evitarlo. Carola se dio cuenta, era experta en hacer sentir incómoda a cualquiera diciendo lo que nadie diría en voz alta.

—Sabes que es gay, ¿verdad?

Nerea se puso roja y se centró en seguir escribiendo.

—Lo que sí que no tiene sentido es eso de que nosotros nos lo merecemos —señaló Rober—. Ángela y sus amigos de la Complutense se habían cargado a Cruzado, pero nosotros no hemos matado a nadie.

—Que el resto sepamos... —dejó caer Carola.

Medio en serio, medio en broma, siguieron hablando de la posibilidad de que no fuera Prada quien lo hubiera escrito y que uno de ellos estuviera detrás de la nueva novela del payaso asesino. En realidad, no se conocían tanto, tan solo de haber compartido unos meses en clase. Justo de lo que se conocían Sebas, Sara, Ángela, Rai, Nando, Virginia y Eva.

—Yo digo que es Unax —le señaló Rober por ser el único que no estaba allí con ellos—. Lleva todo el encuentro encerrado en su cabaña, solo sale para ir a las clases. A mí ese chico me da miedo, la verdad.

—Solo está escribiendo, que es a lo que hemos venido a hacer aquí —le defendió Estefan.

—Los más obvios nunca son los asesinos —insistió Carola, mientras volvía a la toalla.

Señaló con los ojos a Rober, que se sintió iluminado por el foco de una sala de interrogatorio.

—¿Yo? Ya vale, Carola...

—¿Y si lo ha escrito la misma Ángela? —Puso Nerea esa opción sobre la mesa—. En realidad, es la más indicada para firmar una segunda parte. Y la más interesada.

—¿Y su novio? —preguntó Rober—. Eso de que se haya largado de pronto... Aunque es una de las víctimas de la primera parte.

—Koldo dijo en su vídeo que en las secuelas siempre se cuentan cosas de manera diferente a lo que pasó —les recordó Carola el vídeo—. ¿Y si es Laura? Es la que nos ha traído hasta aquí.

—No nos ha traído hasta aquí, ella es solo una mandada.

La selección de los candidatos la hace la directora de la escuela —explicó Estefan.

—Esa no sé ni cómo se llama, no creo que sea ella. —Carola mordisqueaba las patatas fritas que había robado del comedor como si no estuvieran hablando de asesinos y asesinados.

—¡Ya vale! Somos amigos, no queremos matarnos —saltó Estefan.

—No te rayes, solo estamos de broma —le dijo Carola.

—Es que igual esto no es una broma —insistió Rober.

Ojalá al final lo fuera. Por el momento, sus nombres estaban en esas páginas que prometían que iban a ser los siguientes. Entendía que todos trataran de restarle importancia, pero bromear de esa manera, jugando a adivinar quién era el asesino, banalizándolo, le parecía demasiado.

—Conozco a Prada, sé que es cosa suya —aseguró Bahía, que no quería darle más vueltas—. No pienso darle más importancia a este tío; eso es lo que quiere, que hablemos de él. Voy al gimnasio un rato...

Bahía era de las que no tenía miedo, casi nada se lo daba, así que recogió sus cosas y fue hacia el extremo del campamento. Antes de eso pasó por el comedor para picar algo, pero estaba vacío.

—¿Hola? —preguntó, asomándose a la cocina.

Gloria no estaba allí, así que Bahía cogió un plátano y salió. No se dio cuenta de que en el suelo había un rastro de sangre, como si hubieran arrastrado un cadáver.

En el gimnasio había una sala con colchonetas, unas cuantas máquinas, una bici estática, bancos de abdominales y espejos por todas partes en los que mirarse. Bahía decidió empezar con la cinta de correr. Mover las piernas le ayudaba a despejar la cabeza. Se puso los cascos, con música electrónica a todo volumen, lo mejor para acelerar el corazón. Aprovechó los espejos que forraban la habitación para hacerse unas cuantas fotos, que después subiría a redes, cuando volviera del retiro de escritores. Tenía las poses más que aprendidas, sabía de qué manera ganar seguidores, y también cómo perderlos. Nunca ponía fotos con los chicos con los que salía. Prada sí la etiquetó a ella en varias publicaciones, pero ella ni siquiera le dio un corazón en ellas. «Quizás por eso ahora me está haciendo esto», pensó mientras empezaba a correr en la cinta. No se quitó los cascos, ni al empezar ni cuando todo su cuerpo acabó empapado en sudor. Con unos cuantos kilómetros encima ya se sentía con fuerza suficiente para empezar a hacer pesas. Fue a colocar los discos en una barra que llevó hasta un banco. Se colocó frente a uno de los espejos de la sala, uno que no había visto antes. Estaba lleno de letras de color rojo. Era el segundo capítulo de la novela del payaso:

CAPÍTULO 2: Una influencer partida

La influencer del club de escritura me da mucha lástima. Pobre, es que lo está pasando muy mal por lo de no tener cobertura en el móvil para así poder mostrarle al mundo entero lo buena que está a cada rato. Debe de ser una condena eso de tener cientos de miles de seguidores, sobre todo cuando todos piensan que en realidad no das veinte de cociente y solo te siguen por tus tetas. La chica quería demostrarles a todos que era una escritora de verdad, estaba empeñada en conseguirlo con su segunda novela. Como si no le hubieran ofrecido publicar la primera por tener esa cara de zorra... Qué pena, ya nunca va a escribirla. Me la encontré en el gimnasio, ese que ningún autor de verdad utilizaría en un retiro de escritores. La influencer lo necesitaba, tenía que controlar cada gramo de su cuerpo a diario. Los espejos de la sala me ayudaron a verla desde todos los ángulos mientras sudaba. Tuve que contenerme para no lanzarme a rebanarle el cuello, pero es que tenía algo más divertido pensado para su muerte. Esperé a que terminara de correr y se secara el sudor de la cara con una toalla que luego lamí. Las chicas guapas siempre huelen tan bien... Estaba deseando saber cómo olían sus tripas. Se tumbó en un banco para levantar pesas, jugando a tocar con la barra la barbilla. Mientras, yo la miraba, acariciando el mango del martillo. Y entonces...

Bahía llegó a los puntos suspensivos escritos en el espejo. Miró a su alrededor, con la respiración entrecortada. El cristal del espejo que forraba la habitación le devolvía su propia imagen. Hasta que se encontró con la del payaso asesino.

17

—Paso de estas olimpiadas, me vuelvo.

Carola intentaba alcanzar el palafito que flotaba en el centro del lago. No había nadado ni la mitad del recorrido cuando decidió que su cuerpo no tenía por qué dar más brazadas. Se quedó donde el agua le llegaba a la cintura para disfrutar de los últimos rayos de luz. Todos seguían en la playa del lago, en la que la tarde había avanzado y el sol ya apenas calentaba.

—¡Carola, eres una vaga!

Se lo gritó Estefan, al ver que su amiga no seguía con el recorrido.

—¡Déjame, musculoca, que me ha dado flato!

Estefan tardó solo unos minutos en llegar hasta la plataforma de listones de madera anclada a la profundidad del lago, pero no lo suficiente como para que se moviera al ritmo que marcaba el viento en el agua. Rober tardó algo más en llegar hasta allí, casi sin aire en los pulmones. Se había empeñado en conseguirlo porque quería hablar a solas con Estefan. Le preocupaba Nerea y su implicación en lo que estaba ocurriendo en el campamento.

En vez de nadar, Nerea eligió seguir vestida sobre la toalla, en la playa del lago. Llevaba toda la tarde escribiendo en el ordenador portátil como si el resto no estuvieran allí, aislada gracias a la música que escuchaba con los AirPods.

—¿Quién crees que es el payaso asesino? —le preguntó Rober a Estefan mientras se tumbaban sobre las maderas de la plataforma flotante.

—Payaso puede ser cualquiera, pero es que no creo que haya un asesino...

De lo que sí estaba convencido Estefan era de que en el grupo todos eran escritores y uno de ellos estaba firmando esa novela. Podía ser cualquiera, en realidad no se conocían. Tan solo habían compartido unos meses de clase en la Escuela de Escritores y alguna que otra noche de fiesta. Había montones de cosas de sus vidas que los unos no sabían de los otros y que quizás los convertirían en sospechosos.

—Lo que no entiendo es eso que ha dicho el payaso, que merecemos morir —insistió Rober, al que el miedo no se le salía del cuerpo.

—¿Tú has hecho algo para que te maten?

El más joven del grupo no contestó, aunque Estefan interpretó su silencio como una negativa. Luego volvió a la explicación de siempre, que todo era una broma de Prada que se le estaba yendo de las manos. En cambio, Rober tenía otra teoría que apuntaba en una dirección distinta. Una mucho más terrorífica.

—Sabes que Nerea escribe *fanfiction*, ¿verdad?

No era un secreto, Nerea alardeaba de ello en todas las clases. También del número de seguidores que tenía en redes por las historias paralelas que creaba de universos conocidos. Firmaba *fanfics* de las novelas de *fantasy* de George R. Martin o Patrick Rothfuss, pero también de libros con universos más terroríficos como los de Anne Rice, Shirley Jackson o Joe Hill.

—Hace tiempo leí en su perfil de Wattpad un *fanfiction* inspirado en la novela de Ángela, *Los crímenes de la Complutense*.

—¿En serio? Eso sí que no lo ha contado en clase... —dijo Estefan, sorprendido.

—Era una especie de segunda parte, una continuación con nuevos crímenes que recuperaban la esencia del original.

Había intentado no pensar en ello porque no quería entrar en el juego de las sospechas, pero Rober no dejaba de recordar que lo que leyó se asemejaba a lo que estaba ocurriendo en el campamento.

—¿En qué se parecía? ¿Había un payaso asesino que se cargaba a un montón de gente en un retiro para escritores? —le preguntó, sin tomarse realmente en serio lo que le decía.

—No, eso no... Pero sí que las víctimas ya no eran de un club de lectura, sino de uno de escritura.

—Bueno, puede que solo sea una casualidad. ¿Y qué les pasaba?

—Que no sobrevivía ninguno.

Nerea terminó una página más de la novela que estaba escribiendo. Se sintió orgullosa, era uno de los mejores capítulos, y también de los más sangrientos. No le quedaba mucha batería en el ordenador, pero sí la suficiente para seguir tecleando hasta terminar el capítulo. Se ajustó los cascos, la música la ayudaba a viajar hasta el terrorífico universo en el que vivía mientras escribía. Para ella era como estar en el paraíso. En los AirPods sonaba la banda sonora de la película *It*, la adaptación de la novela de Stephen King. Era su favorita del autor. Nerea había escrito docenas de *fanfics* inspirados en el universo de Derry. Le excitaba recordar que ese libro fue el origen de lo que ocurrió en la Complutense.

Subió el volumen mientras trataba de encontrar las palabras perfectas para describir un nuevo crimen. Se aisló de tal forma que no podía oír nada de lo que ocurría a su alrededor. Ni siquiera a Carola, en el agua, de la que solo la distanciaban unos metros. Mucho menos llegaba a oír de lo que hablaban Rober y Estefan sobre la estructura flotante. Fueron ellos los primeros que descubrieron que Nerea no solo no era la responsable de los supuestos crímenes del campamento, sino que estaba a punto de convertirse en la próxima víctima.

—No... ¡Nerea! ¡Nerea!

—¿Qué pasa? —preguntó Carola, que antes estaba jugando a hacerse la muerta sobre el agua, flotando.

Un payaso asesino se acercaba a Nerea, acariciando el martillo en sus manos. Sus zapatones sobre la arena de la playa sonaban con fuerza. ¡Plas, plas, plas! A cada paso, las suelas dejaban un rastro de sangre roja y oscura. Nerea, ajena a la presencia del asesino, seguía tecleando. La música de los cascos era tan intensa como la escena que estaba describiendo en la pantalla. Trataba de un chico al que acusaban de haber matado a su novia, pero, en realidad, la historia había ocurrido justo al revés.

Lo que Nerea escribía no era la novela del payaso, esa no la firmaba ella. El asesino había decidido que fuera la protagonista del próximo capítulo en el que moriría de una forma salvaje.

—¡Nerea! —gritaba Estefan, aterrado.

No servía de nada, Nerea seguía inmersa en la escritura sin ver al payaso que se acercaba empuñando el martillo. Levantó la vista cuando sintió una sombra sobre la pantalla.

—No... ¡No! —gritó al descubrir que el payaso estaba a su lado.

No tuvo ni un segundo para escapar, el martillo le agujereó el cuerpo. Una vez, otra y otra.

Con las manos temblorosas, Nerea trató de impedir que la sangre saliera a borbotones de su cuerpo. No lo consiguió. El payaso dejó que escapara hasta la orilla, arrastrándose. Nerea fue incapaz de dar una brazada, su cuerpo se hundió, ahogándola. La sangre del crimen teñía el agua de un rojo profundo.

—¡Carola, nada! ¡Tienes que nadar! —le gritaba Estefan a su amiga.

Pero Carola estaba paralizada por el miedo. No era una broma, eso era lo único que alcanzaba a pensar mientras el cuerpo de Nerea sin vida flotaba en el agua hasta tocar su piel blanca. El payaso, desde la orilla, la observaba con los ojos cubiertos por la máscara monstruosa. Debajo de ella se le dibujó una sonrisa.

Carola podía ser la siguiente en morir. Estefan se lanzó al agua y nadó como si tuviera hélices en los brazos. Consiguió alcanzar a Carola solo unos segundos antes de que el payaso llegara hasta ella, con el arma en alto. Le golpeó con fuerza haciéndole caer al agua. Sin mirar atrás, obligó a Carola a nadar hasta la plataforma. Rober, que intentaba no verse desbordado por el miedo, los ayudó a subir.

—No está, ha desaparecido...

El payaso ya no estaba en la orilla.

—¿Qué ha sido eso?

Ángela había oído el último grito de Nerea. La playa del lago quedaba alejada del punto en el que se encontraban ella y Laura. Había sonado confuso porque en el aire se mezclaban todos los sonidos del bosque.

—No lo sé, algún animal... Ángela, te prometo que no sabía nada de esas pastillas. ¡Tienes que creerme!

Había optado por ser directa y confrontar a Laura confesándole lo que encontró en su cabaña; sabía que guardarse las sospechas solo lo complicaría todo aún más. Además, ya no le cabía ninguna duda de que alguien estaba escribiendo la novela del payaso. Y era alguien que conocía.

—Nadie sabía que tenía estas pastillas, ni siquiera Nando. Desaparecieron cuando llegué y las he encontrado escondidas en tu cabaña. ¿Cómo explicas eso?

—¡No lo sé! ¿Cómo explicas tú que te dejara registrar mi cabaña si te estaba ocultando eso? Alguien las ha colocado allí para que pasase justo esto, que dudes de mí y me convierta en sospechosa.

—¿Quién, Laura? —Se lo preguntó con tanta desconfianza que dio un par de pasos atrás.

Laura intentó justificarse una vez más, hasta que acabó por enfadarse.

—Ángela, vale ya. ¡No soy ninguna asesina!

Pero Ángela ya no sabía qué pensar. Era Laura la que los había llevado hasta ese lugar, quien les había quitado los teléfonos móviles hasta dejarlos incomunicados. Además, era escritora.

—¿Qué? Ángela, no he decidido yo que estés aquí, fue la directora de la escuela.

Tomó aire y trató de calmarse.

—Mira, entiendo que lo estés pasando mal y ya no sepas qué pensar, pero te estás equivocando. ¿Qué motivo tendría yo para hacer esto?

No tenía nada que ver con aquella historia de Carrión, ni con su pasado. Además, era una chica normal, simpática, sin recovecos. Nada indicaba que pudiera ser una asesina. El problema para Ángela era que los que intentaron matarla en la Complutense cumplían justo esas mismas condiciones. Eran gente normal que se convirtieron en sus amigos para poder torturarla.

—Por favor, Laura. Dime la verdad.

Empezaba a sentirse desbordada. Ni siquiera había tomado una de las pastillas para así tratar de aplacar el constante ataque de pánico en el que se encontraba su mente.

—La verdad es la que te he contado, Ángela.

Laura iba a marcharse, decepcionada, pero antes le dio las hojas escritas a máquina que, cuando se separaron, había encontrado de nuevo en las sillas de la clase. Esta vez, en el asiento de Bahía. Con voz temblorosa, Ángela leyó en voz alta:

Estaba deseando saber cómo olían sus tripas. Se tumbó en un banco para levantar pesas, jugando a tocar con la barra la barbilla. Mientras, yo la miraba acariciando el mango del martillo. Bahía tardó unos segundos en descubrir que estaba en el gimnasio observándola mientras ella, tumbada en el banco, levantaba la barra con varios kilos de peso en cada lado. Sus gemidos por el esfuerzo me hacían pensar en cómo iban a ser los gritos que escupiría mientras la matara. Despacio, me coloqué de pie casi sobre su cabeza, justo como lo haría un monitor de gimnasio para que no se le cayeran las pesas al cuello. Yo quería hacer justo lo contrario. Primero la saludé con mi mano enguantada, no me gusta ser maleducado y quiero que mis víctimas me conozcan.

—¿Qué quieres?

Bahía pensó que era una broma, como todos en el campamento. Qué equivocados están, no quieren creer que van a morir. Hace tiempo que he escrito sus asesinatos con mi Royal 10 typewriter. Para despejarle las dudas y demostrar a la influencer que esto iba en serio, me quité la careta.

—No puede ser… ¿Eres tú?

Apenas le dejé tiempo para que saboreara la sorpresa. La ayudé a bajar la barra con las pesas, pero lo hice de tal manera que primero la golpeé en la frente. Después, en la segunda bajada, sus brazos se partieron por los codos. Fue tan excitante oírla gritar mientras se rompían las falanges hasta que los huesos atravesaron la piel… Me arrepentí al darme cuenta de que ya no iba a poder defenderse. Yo no quería que muriera tan pronto, ya sabéis que me gusta alargar la agonía. También me gusta que mis víctimas me reten y sientan que van a poder escapar. Por eso la dejé que me diera una patada para quitarme de encima. También la dejé que intentara escapar gritando ayuda, socorro y todas esas frases desesperadas que exclaman mis víctimas cuando van a morir. Como si sirviera de algo…

Fue muy divertido ver que intentaba utilizar los brazos, convertidos en colgajos, para abrir la puerta y escapar. Al final, la agarré del pelo y la obligué a subir en una de las cintas de correr. Sabía que esa era su forma favorita de entrenar y me pareció una buena manera de que se despidiera de la vida. Traía una cuerda para atarle las piernas, una a la parte de delante y otra a la parte de atrás de la máquina.

—Por favor, no lo hagas…

—Por favor, no lo hagas —repetí yo, burlándome.

Claro que lo hice. Puse la cinta en marcha, a toda velocidad. Sus piernas se abrieron, cada vez más y más, hasta que la partieron. Gritó como nunca había oído a nadie hacerlo y yo lo disfruté mucho. Muchísimo. La influencer era de las que más se merecían morir por lo que dijo, con esa boca deslenguada. No soporto a la gente que se cree en posesión de la verdad y se niega a escuchar otras versiones de la historia. Además, tenía esa asquerosa alianza con la Monja, siempre defendiéndola. Quería parecerse a ella, ser una escritora de verdad y no una aprendiz que todos valoraran por sus seguidores en redes. Yo la había ayudado a conseguirlo, ahora estaba mucho más hermanada con ella. Estaba muerta. Justo como lo va a estar la Monja al final de esta novela.

CONTINUARÁ

Ángela pasó las yemas de los dedos sobre el papel. La tinta roja de la firma, como la sangre, aún estaba fresca. Parecía que acabaran de teclearlo.

—Puede que aún no lo haya hecho —dijo, mientras se ponía en marcha.

En los crímenes de la Complutense el payaso había escrito la novela antes de que todo ocurriera. Si era una continuación, quizás estuviera utilizando el mismo método de escritura. Quizás aún estaba a tiempo de evitar la muerte de Bahía.

—Hay que ir al gimnasio...

Podrían encontrar al asesino o, al menos, un cadáver que demostrara que todo eso estaba ocurriendo de verdad.

—Es por allí —le señaló Laura el camino.

Pero Ángela no quiso que fuera con ella. Quizás se estaba equivocando y Laura tan solo era eso, una amiga que podía convertirse en la próxima víctima, pero no se atrevía a confiar en ella.

—Prefiero hacerlo sola.

—Te estás equivocando, Ángela.

En ese preciso instante, sí se equivocó. Ángela solo se había alejado unos metros cuando la oyó gritar. Desde los árboles que rodeaban a Laura salió un payaso asesino que le clavó el martillo en la espalda.

18

Las manos de Laura se mancharon de sangre. El payaso asesino estaba frente a ella, asiendo el martillo con rabia. Podía escuchar el sonido de su respiración excitada bajo la máscara. La había herido en el brazo, un poco más arriba del codo, aunque solo era eso, una herida. En el próximo golpe, los dos filos oxidados del martillo atravesarían la piel casi sin tener que hacer esfuerzo. Antes de sacárselo del cuerpo, el payaso lo retorcería, apretando el arma para llegar hasta el hueso. Laura gritaría sin parar por el dolor más intenso que habría sufrido nunca, que lo sería aún más cuando el asesino lo sacase, de un tirón seco, llevándose parte de la musculatura. No llegó a ocurrir porque fue el payaso quien se llevó un golpe en la espalda. Con una rama gruesa, que le hizo caer al suelo. Le había golpeado Nando.

—¡Corred! —gritó a las chicas.

Seguía en el campamento. Cuando estuvieron a salvo, les contó que, en realidad, nunca llegó a marcharse.

Nando aún tenía las manos entumecidas y los labios amoratados, como de muerto. Había estado a punto de perder la vida congelado, eso fue lo que les dijo a Ángela y a Laura. También les contó que, al amanecer, cuando fue al embarcadero con la bolsa de viaje colgada del hombro, encontró la barca motora que atravesaba el lago cada mañana anclada en el muelle. Estaba vacía, sin nadie que la tripulara. Esperó unos minutos por si había llegado demasiado pronto, hasta que subió preguntando en voz alta:

—¿Hola? ¿Hay alguien?

Caminó por la cubierta de la barca, que bailaba en el agua verdosa del lago, agitada por el viento de la mañana. Sintió en la punta de la nariz un olor a azufre que le resultó extrañamente familiar. Quiso pensar que ese olor estaba en su cabeza, que le estaba jugando una mala pasada. Nando quería convencerse de ello porque, de lo contrario, nunca debería haberse marchado. Por mucho que temiera que descubriera su secreto, la realidad era que estaba dejando sola a Ángela.

Recorrió la embarcación de la proa a la popa. Lo único que encontró fue la gorra que llevaba el hombre que los había llevado hasta allí, Capitán. Lo siguiente que Nando encontró fue una portezuela en la cubierta que llevaba a la bodega, a través de una estrecha escalera oxidada. Tuvo que agachar la cabeza para poder entrar en las tripas de la embarcación. Encontró otra puerta más, al fondo, esta aún más pequeña. Buscó su móvil en el bolsillo; aunque no tenía cobertura, como en todo el lago, sí que podía utilizar la linterna. Iluminó la puerta, que solo podría atravesar encogido. Parecía estar bloqueada, el pomo no cedía, y no lo hizo hasta que Nando tiró de él con mucha fuerza. Encontró detrás una cámara llena de hielo, supuso que era para guardar la pesca y conservarla. Capitán les había contado, mientras iban hacia el campamento, que esa barca habido sido de su padre, pescador de la zona, pero que la trucha, que era lo que se podía pescar por allí, se pagaba mucho peor que los viajes transportando gente. La puerta estaba atrancada por el peso del hielo, que casi llegaba hasta el techo de la bodega, aunque había algo más que Nando descubrió al asomarse al interior. Tuvo que entrar de rodillas, apartando el hielo y viendo lo poco que le permitía la luz de la linterna del móvil.

Aterrado, confirmó lo que le había parecido ver. Entre el hielo picado estaba enterrado el cuerpo sin vida de Gloria, la cocinera del campamento. Tenía un agujero en el esternón. Sus ojos abiertos parecían contar el terror que vivió antes de morir.

Nando se movió como los cangrejos para poder escapar. Antes de que lo consiguiera, sus manos palparon otro cadáver enterrado en la cripta congelada. Era el de Capitán, aún estaba caliente y la sangre ni siquiera había dejado de manar de las heridas abiertas en el cuerpo. Encontró también el de Lucas, el guardés del campamento. Aterrado, intentó salir de esa especie de cripta de hielo, pero vio al payaso asesino al otro lado de la pequeña puerta.

—No... ¡No!

Nando intuía su sonrisa bajo la máscara, casi podía verla. Gritó cuando le vio cerrar la portezuela de un golpe seco y después oyó como la bloqueaba. El payaso lo había encerrado para que muriera. Nando golpeó las paredes, sin conseguir nada. Era imposible salir de allí. Gritó, maldijo al payaso por lo que le había hecho, pero sobre todo por lo que podía llegar a hacerle a Ángela. Solo hicieron falta unos minutos para que empezara a sentir el frío en los músculos enterrados en el hielo.

Con el paso de las horas, la batería del móvil se fundió y dejó de tener luz para poder ver. Coincidió con el momento en el que su corazón bajó el ritmo de los latidos, lo que le llevó a perder la conciencia por momentos. Cuando la mantenía, sentía que los cadáveres que le rodeaban querían hundirlo aún más. Justo en el momento en el que asumió que iba a ser uno de ellos, halló la forma de escapar de la cripta de hielo.

Fue gracias a Lucas y el manojo de llaves del campamento que llevaba colgado de la hebilla del pantalón. Ninguna le servía de mucho, la portezuela ni siquiera tenía cerradura, pero sí podía serle muy útil la navaja que colgaba del llavero.

Era una de esas suizas, con varias hojas, y alguna de ellas seguro que podía servir como destornillador. Si conseguía soltar los tornillos que rodeaban el marco, la puerta cedería y podría escapar. Tenía que hacerlo sin luz y con las manos entumecidas por el frío; las yemas de los dedos habían perdido toda la sensibilidad. A pesar de eso, Nando se convenció de que podía lograrlo. Tenía que hacerlo porque Ángela seguía en el lago y el payaso era real; esos cadáveres agujereados que le rodeaban eran reales. Él sabía que la víctima más deseada era su novia. «No tenía que haberme separado de ella», eso era lo que se repetía mientras desatornillaba la puerta que le tenía encerrado. Los dientes le castañeaban por el frío, los dedos no le respondían. Cada vuelta de esos tornillos le hacía recuperar algo de vida, de la suya y de la de Ángela. Hasta que, al fin, consiguió que la puerta cediera.

Al escapar de la barca, Nando volvió a respirar como si lo hiciera por primera vez. En el cielo, el crepúsculo anunciaba el final del día. Se golpeó las piernas congeladas, obligándolas a caminar de nuevo. No lo consiguió tan rápido como deseaba y cayó al suelo varias veces. Cuando al fin su cuerpo recuperó la temperatura, Nando buscó a Ángela por todo el lago, intentando llamarla a gritos, pero el frío no le permitía apenas hablar. No dejaba de imaginar lo que podría haberle ocurrido desde que se separó de ella. Por suerte, la encontró con vida.

Nando les contó toda esa historia a Ángela y Laura. Fue después de dar el golpe en la espalda al payaso y de correr unos metros, escapando. Hasta que Ángela dio la vuelta. Quería ver su rostro. Quería saber quién estaba escribiendo esa segunda parte. Llegó tarde, el payaso ya no estaba allí.

Se dividieron para buscar a los alumnos y así escapar en la misma barca en la que Nando había estado enterrado, pero ya no estaba en el muelle. Había desaparecido, como si nunca hubiera estado allí. Ángela no puso en duda todo lo que les contó Nando que había ocurrido desde que se separó de ella. Estefan, Carola y Rober, sí.

Se encontraron en el muelle. Los tres alumnos llegaron con el corazón en la garganta. Habían conseguido cruzar el lago a nado desde la plataforma flotante. Buscaban una barca en la que escapar, pero en la que Nando había estado encerrado había desaparecido. También los botes de remos y las piraguas se alejaban del muelle, impulsados por la corriente. El payaso asesino los había soltado para que no pudieran salir de allí.

—En el despacho hay un teléfono —les dijo Ángela, insistiendo en que debían refugiarse allí hasta que llegara la ayuda que necesitaban.

Escapar por el bosque sabiendo que el asesino los estaba observando era una sentencia de muerte, en eso todos estaban de acuerdo. Ángela repitió una y otra vez que se encerraran en la cabaña principal, llamaran a la policía y se mantuvieran unidos. Sabía a lo que se enfrentaban, conocía al asesino y su forma de actuar. Ya nadie se atrevía a decir que todo era una broma que se había inventado Prada. Tenían la ropa manchada de sangre, Laura estaba herida y los chicos del club habían visto morir a una de sus compañeras sin poder hacer nada para evitarlo. El payaso era real, había vuelto. La mente de Ángela le hacía creer que podía estar entre las sombras de los árboles altos que rodeaban el lago. Algunas veces tenía la máscara puesta. Las peores, veía el rostro de Alicia, lleno de locura y rabia. Incluso la oía llamarla en susurros:

Ángela, Ángela, Ángela... Voy a matarte, zorra.

Consiguieron llegar hasta la cabaña. Uno y otros se contaron lo que habían vivido. La muerte de Nerea estaba escrita, el payaso dejó las páginas sobre la toalla. De nuevo, mecanografiadas con una máquina clásica Royal 10. Ángela recordaba haber leído el modelo en el capítulo que contaba la muerte de Bahía. Tenía en la cabeza la imagen de esa máquina, de teclas redondas gruesas. Estaba segura de haberla visto en algún sitio, aunque no conseguía recordar dónde.

Les he hecho a todos un favor acabando con esa pirada. Ellos no lo sabían, pero esa chica era muy peligrosa. Nadie que no lo fuera podría leer todos esos libros de terror y excitarse como ella lo hacía. En realidad, eso me gustaba de ella. Lo que me producía sentimientos contradictorios era lo obsesionada que estaba con mi historia. Sé que sentía admiración, pero también quería robármela. Lo intentó con esa segunda parte que publicó en Wattpad, haciéndose pasar por mí. Pero para escribir como yo hay que ser un asesino y ella no se atrevía a cumplir su sueño. Por eso disfruté tanto matándola, sabía que estaba haciendo algo que, en realidad, ella quería hacer. Puede que aún le faltara valor para empuñar el martillo, pero seguro que con el tiempo lo habría hecho. Reconozco que tuve dudas, quizás habría sido una buena aliada. Podríamos haber escrito esta novela a cuatro manos. Pero estos asesinatos son míos. Además, habló de lo que no debía. Lo hizo igual que el resto, sin lavarse la boca. Ese fue su crimen, por el que van a morir.

Ángela leyó también las siguientes páginas, en las que el payaso describía la violencia con la que había matado a Nerea, aunque no fue capaz de retener ninguna de esas líneas llenas de vísceras. Lo que de verdad le interesaba era esa parte del texto en la que el payaso dejaba entrever el crimen que habían cometido los escritores del retiro:

Habló de lo que no debía. Lo hizo igual que el resto, sin lavarse la boca.

¿De qué habían hablado? ¿Cuándo lo hicieron? ¿Por qué era el pecado que los condenaba? Ninguno supo responder a las preguntas de Ángela. Lo que hicieron fue insistir en que no merecían morir. Había algo de resentimiento hacia ella, la prota, como la llamó Carola. El payaso asesino era su historia, ella los había involucrado de tal manera que ahora podían ser las próximas víctimas del asesino.

—Vale ya —zanjó Nando, al ver cómo hablaba con Ángela.

—Yo no he hecho nada para que me maten —insistió Rober, con miedo en la voz.

También cabía la posibilidad de que se tratase del delirio de un psicópata que utilizaba para justificar sus crímenes, o incluso que estuviera mintiendo para confundirlos. Esa fue la explicación que dio Laura. El torniquete hacía su efecto y el brazo había dejado de sangrar.

—Esto no funciona —dijo Estefan, mostrando el teléfono que tenía en la mano.

La línea estaba cortada.

—Si es cierto lo que ha contado Nando, vendrán a buscarnos cuando vean que la barca de Capitán ha desaparecido —dijo Rober—. No tardarán mucho, puede que sea cuestión de que aguantemos una noche.

—¿A qué viene lo de si es cierto? Claro que es cierto —saltó Nando, sin ocultar el enfado.

Lo ponía en duda porque era el único capítulo que no estaba escrito. El payaso no había dejado esas páginas por ninguna parte. La única prueba era su palabra y no todos confiaban en ella.

—Justo te han encerrado en una nevera de la que has conseguido salir ileso... como en la Complutense —dijo Carola, sin ocultar sus dudas.

Todos recordaban que el payaso asesino había intentado acabar con Nando en la morgue de la Facultad de Medicina. También recordaban que logró escapar, pero la versión de lo que ocurrió en realidad resultó confusa. Fue uno de los motivos por los que le consideraron sospechoso. Parecía que volvía a serlo. Nando no tenía forma de demostrar que había estado encerrado con esos cadáveres en el hielo, solo su palabra. No fue suficiente para que los chicos dejaran de arrugar la nariz.

—Y justo desapareces y empiezan a aparecer muertos —subrayó Carola, con algo más que desconfianza.

—¿De qué vas? —saltó Nando.

—¡Vale ya! —gritó Ángela, que les recordó que Nando estaba con ellas cuando el payaso atacó a Laura.

—Igual hay dos asesinos y lo han planeado juntos para que él parezca inocente, como en la primera parte —recordó Rober.

—Es que en la primera parte yo era inocente.

No parecía que nadie más que Nando y su novia estuvieran convencidos de ello.

—¿No os dais cuenta de lo que está pasando? —les preguntó Ángela.

Se estaba repitiendo lo que vivieron en la Complutense. El payaso quería que todos sospecharan de Nando de la misma forma que lo hicieron sus amigos del club de lectura. Por eso incluso su supuesta muerte era similar y no la había dejado por escrito para que dudaran de él.

—He vivido esta historia antes. Y por eso sé que el asesino es alguien de esta especie de club de escritores —dijo Ángela.

Confiaba en su novio, no iba a cometer el mismo error del pasado. En quienes no confiaba era en las personas encerradas con ella en esa cabaña. Por eso las había llevado hasta allí. Y por eso ahora las amenazaba con una pistola.

—Tía, baja eso —le pidió Carola, con miedo.

—Ángela, ¿de dónde has sacado esa pistola? —le preguntó Laura, desconcertada.

Vivía con esa pistola escondida entre sus cosas desde hacía años. Sin registrar ni con papeles que le autorizaran a tenerla. Se hizo con ella para defenderse, por si todo volvía a ocurrir. Y estaba ocurriendo de nuevo. Aprovechó el momento en el que iban hacia la cabaña principal para entrar un segundo en la suya, rebuscar en la bolsa de viaje y escondérsela en la cintura.

—Nadie se mueve de aquí hasta que sepamos quién es el payaso —les amenazó Ángela.

Movió el arma cerca de sus rostros. Ángela ya no era la chica asustadiza de la Complutense. Ahora sabía cómo actuar no solo para sobrevivir, sino para acabar de una vez por todas con el asesino.

—¿Ahora nosotros somos los sospechosos? Alucino, si acabamos de ver morir a Nerea —dijo Rober.

—En la primera parte ya me engañaron con eso —insistió Ángela, sin perder la tensión en el dedo que acariciaba el gatillo—. Ahora alguien está escribiendo la continuación. Y sé que es alguien que está aquí.

También podría ser Alicia si seguía viva, aunque eso Ángela no quiso decirlo en voz alta.

Tenía un plan para saber quién era el asesino, pero, antes de que pudiera ponerlo en marcha, llamaron a la puerta de la cabaña.

Toc, toc, toc. Llamaron tres veces más, con más ansiedad. Desde el cristal de la cabaña, por el ángulo, no se alcanzaba a ver quién estaba al otro lado de la puerta. Hasta que se oyó una voz llena de miedo:

—¡Abridme! ¡El payaso asesino está aquí fuera!

Era Unax.

19

—No abras la puerta —le pidió Rober a Ángela.

Unax no había salido de su cabaña desde que terminó la clase. Había pasado el día escribiendo su novela, eso fue lo que les dijo a todos cuando le preguntaron dónde había estado. Golpeaba la puerta, frenético.

—¡He visto al payaso, ha intentado matarme! ¡Por favor, dejadme entrar!

—Que te pires, payaso —le gritó Carola, que seguía usando el humor como arma, pero estaba asustada.

En realidad, Ángela sí había visto a Unax cuando fue a registrar las cabañas para encontrar al asesino. Le llamó a la puerta, con los nudillos. Iba a volver a llamar cuando le abrió.

—¿Puedo pasar?

Unax se puso algo nervioso, le preguntó para qué, ella le respondió algo poco concreto y, al final, se echó a un lado y la dejó entrar. Estaba todo muy ordenado, no había nada fuera de su sitio. La ropa doblada, el ordenador centrado en la mesa, las hojas de papel apiladas y los lápices con los que escribía formando una perfecta hilera. Tenía sobre la mesa sus cuadernos, en los que escribía con una caligrafía particular: letra muy pequeña y junta, tanto que se hacía difícil saber dónde terminaba cada palabra. En el ordenador portátil estaba abierto el documento de su novela. Unax lo cerró antes de que Ángela pudiera leer una línea.

—¿Te parece si nos sentamos?

—Prefiero no hacerlo. ¿Qué querías?

Ángela también se quedó de pie. Miró sus tatuajes, parecía tenerlos por todo el cuerpo. Muchos de ellos incluían calaveras, sangre, vísceras y símbolos demoniacos. Intentó destensar con una sonrisa.

—He notado que no quieres hablar mucho con tus compañeros.

—Nadie me dijo que fuera obligatorio.

—No, claro que no.

Evitó la mirada de Ángela. Siempre lo hacía, Unax nunca miraba a los ojos de nadie.

—Quizás te ayudaría comentar lo que estabas escribiendo. Intercambiar opiniones... Cuando estás atascado ayuda tener una pared a la que lanzar las ideas.

A pesar de que Unax parecía no querer escucharla, Ángela le contó que ese intercambio no solo le ayudaría a él, sino que sus compañeros también podrían enriquecerse de la experiencia. Siguió dando vueltas a las frases, pero porque necesitaba tiempo para encontrar algo que contara si era el asesino. No logró dar con ello.

—¿Te encuentras bien?

Unax asintió. Ángela lo dejó estar, se despidió y salió de la cabaña con la sensación de que ese chico sí estaba ocultando algo.

—De veras creo que Unax no tiene nada que ver con todo esto —le aseguró Laura, al reunirse con ella.

—¿Cómo lo sabes? No quiere hablar con nadie y se comporta de un modo de lo más extraño...

—Lo sé porque Unax está en rehabilitación. Ha tenido problemas con el alcohol —le confesó al fin Laura—. Sus compañeros no lo saben y él tampoco quiere decírselo. Prefiere aislarse para evitar tentaciones, aunque le consideren un rarito. Y nosotras deberíamos respetarlo.

Las piezas empezaron a encajar en la cabeza de Ángela.

La novela que Unax estaba escribiendo trataba sobre un chico aterrado por las alucinaciones zoomórficas que sufría. Vivía con la sensación de tener insectos bajo la piel que se arrastraban por ella. En los peores momentos, veía ratones y serpientes a su alrededor. Además, vivía una falsa percepción de tener una visión periférica, similar a los ojos de un insecto. Ángela sabía que todos esos eran los síntomas del *delirium tremens*, la forma más grave de abstinencia alcohólica. Lo había leído en la literatura de Hemingway, Bukowski y Patricia Highsmith.

—Lo descubrí a través de lo que escribía Unax. He tenido gente cerca con problemas similares —le confesó Laura a Ángela.

Ángela se sintió culpable por haber dudado de él mientras Laura le contaba que el chico le había confesado que estaba haciendo grandes progresos para resolver su situación. Tenía una rutina instaurada, y la escritura era lo que más le estaba ayudando a conseguirlo. No podía salirse de ella, cualquier cosa que la alterara podría provocarle una recaída. Ese era el motivo de su hermetismo.

¿Unax podía ser un asesino? Sí. ¿Podía serlo por su adición? No, y esa era la única prueba que todos tenían en ese momento, y muchos de ellos ni siquiera la conocían. Por eso Ángela quiso abrir la puerta de la cabaña para que pudiera entrar. Cuando iba a hacerlo, Carola la empujó. Ángela perdió el equilibrio, y la pistola, pero Nando consiguió recuperarla.

—¡Socorro, viene a por mí! —se oía a Unax al otro lado, gritando y golpeando la puerta.

Nando amenazó a los alumnos con la pistola para que se echaran a un lado. Ángela abrió la puerta justo cuando los gritos de Unax se acallaron. En el suelo no había nada que demostrara que, solo un segundo antes, el chico de los tatuajes había estado al otro lado de la puerta.

—¿Unax? —preguntó Ángela al aire.

Solo le llegaron los sonidos de la naturaleza. Se alejó unos metros de la puerta, bajo el marco la observaba el resto del grupo.

—Ángela, no te alejes —le pidió Nando.

Pero ella había visto algo entre los árboles. Quizás solo fuera un reflejo del anochecer que se acercaba, pero también podía ser el payaso asesino. Sus pasos quebraban las ramas del suelo. Cada vez lo vio más claro. Entre los arbustos estaba Alicia.

Fue solo un segundo, después desapareció.

—Alicia está muerta, Ángela —le recordó Nando, aunque Ángela ya no sabía qué pensar.

Unax había desaparecido, aunque para algunos seguía siendo sospechoso. Ángela estaba cansada de señalar a unos y a otros, sentía que jugaban al mismo juego que en la Complutense. Ya no era esa chica asustadiza, ni iba a cometer los mismos errores dejándose llevar por el miedo. Ahora sabía en quién tenía que confiar y en quién no. Y estaba dispuesta a despejar los interrogantes de una vez por todas.

—Esto es una segunda parte de lo que ocurrió en la Complutense. Se está repitiendo todo.

Moviéndose por la sala, les explicó que el asesino ya no estaba haciendo homenajes a las novelas de Stephen King. Ahora la novela que servía de guía era la suya, *Los crímenes de la Complutense*.

—La primera muerte fue la de Bárbara, la protagonista de la serie. —Ángela se movía por la cabaña del club mientras ataba cabos—. Murió igual que Cruzado, perseguida por un payaso asesino y atravesada por la espada del Quijote.

El resto de muertes también guardaban similitudes. En la de Prada había incluido la canción que sonaba en el coche que atropelló a Virginia, «Little Bitty Pretty One», de Thurston Harris. Bahía acabó atada de pies y manos, justo como el payaso hizo con Sebas, aunque en realidad su muerte fuera falsa. A Nando había intentado congelarlo, igual que en la primera parte.

—Yo tengo un poco de lío entre las muertes en el libro y en la serie —reconoció Rober.

—Es un pastiche, no creo que siga todas las reglas —apuntó Laura—. Solo hace guiños para los fans.

—Entonces, si está siguiendo tu novela, ¿el asesino igual es alguien de la primera parte? —dedujo Estefan.

—No quedaron muchos vivos —recordó Nando.

También les recordó que fue él quien acabó con Sebas. Lo hizo para subrayar una vez más que no era el asesino. Sobre todo porque era lo que Estefan había dejado caer.

—Pon Netflix, hay montones de segundas temporadas en las que se descubre que los buenos de la primera no lo eran tanto —añadió Carola, con suspicacia.

—¿Y si Unax no está muerto y solo nos la ha jugado? —preguntó Estefan al grupo, mirando por la ventana—. ¿Y si Prada no se fue nunca del campamento y todo era una broma?

—¡Vale ya! No vamos a seguir acusándonos mutuamente.

Ángela se movió como nunca había hecho en el grupo, sin miedo. Cogió una mesa que quedaba en un rincón del club y la colocó en el centro de la cabaña.

—Para empezar, si el que hace esto está siguiendo mi novela, no hay un asesino. Hay dos, igual que en la primera parte.

Era imposible que una única persona hubiera estado en todos esos sitios a la vez clavando el martillo. Ángela estaba convencida de que eran dos los que llevaban la máscara. Uno estaba dentro de la cabaña y el otro fuera.

—Todos queremos saber quién es el payaso, ¿verdad? Pues vamos a averiguarlo en el sitio en el que todo el mundo tiene sus secretos en esta época.

Ángela les obligó a que le dieran los móviles.

—¿Quién quiere ser el primero en dejarnos ver su teléfono?

Del móvil de Carola:

19 de abril de 2022

Carola
Vas a puto flipar. Me han seleccionado para lo del encuentro de escritores.
22:24

Estefan
¿En serio?
22:25

Carola
Gracias por el entusiasmo...
22:25

Estefan
Si me alegro mucho, pero me dijiste que no te pillaban ni de coña porque la directora de la escuela hacía la selección y te tiene manía.
22:26

Carola
Te dije que tenía pinta de racista que no estaba dispuesto a ayudar a una inmigrante peruana a ser escritora porque la meritocracia y tal.
22:27

Estefan
Jajajajaja. Bueno, pues igual estabas equivocada. Pero ¿tú sabes quién es la profesora?
22:27

Carola
Angelita la pirada, yes. Pero me dan beca y a caballo regalado no le mires el diente.
¿Crees que se ha cargado a la prota de su serie para escribir una segunda parte?
22:28

Estefan
Jajajajajaja. No way
23:28

Carola
Pues yo tengo mis dudas... A ver, que tiene una coulrofobia de caballo. ¿Y si se ha vuelto loca del todo y en la segunda parte es LA ASESINA?
23:29

Estefan
Tú sí que estás loca...
23:30

Carola
Pero ¿a quién más de la Escuela han seleccionado?
23:30

Estefan
A Prada, Rober, a Nerea.
23:31

Carola
En serio?? Pero si esa tía es un coñazo de escritora cutre cursi de Wattpad.
23:32

Estefan
También Bahía, Unax y nosotros.
23:32

Carola
La influencer, el engreído, el de los tatus, el niño, la mariliendre... Vaya cuadro
23:33

Estefan
Jajajajajaja. Espera, Prada acaba de crear un grupo y nos ha metido...
23:35

Del móvil de Estefan:

Prada creó el grupo Payaso del Lago
Prada agregó a Estefan
Prada agregó a Rober
Prada agregó a Carola

Prada
Putipandi! Que nos vamos de campamento de escritura.
23:33

Estefan
Yeah!
23:36

Rober
De qué va este grupo?? Payaso del Lago???
23:37

Carola
Prada, sácame de aquí. Dios, por qué te daría mi teléfono...
23:37

Prada
A ver, que nuestra profe va a ser la tarada de Ángela Kuntz.
23:37

Estefan
Otro. Y luego pondréis en redes que si hay que visibilizar la salud mental...
23:38

Prada
Si eso quiero yo, quitarle el trauma. Se me ha ocurrido una idea cojonuda para ayudarla.
23:39

Carola
Sorpréndenos, doctor Freud.
23:40

Prada ha enviado una imagen al grupo Payaso del Lago

Rober
Muy bonita la foto del payaso asesino...
Tío, esa movida me da mal rollo.
23:41

Prada
¡Vamos a hacerle la broma del payaso asesino!
23:42

Estefan
¿Qué dices, tío? Se te va...
23:43

Carola
Jajajaja. Así que no solo pareces un psicópata, sino que lo eres.
23:43

Prada
Bueno, pues si no queréis no os pongáis el disfraz, lo hago yo. Pero necesito que alguien lo grabe.
23:45

Estefan
Pero ¿para qué quieres hacer eso?
23:46

Prada
Para hacerme viral, ganar seguidores y que compren mis libros. ¿Sabéis lo mucho que lo puede petar un vídeo de la verdadera Ángela corriendo perseguida por un payaso asesino?
23:47

Carola
Jajajaja. ¿Lo estás diciendo en serio?
23:48

Estefan
Tío, tú estás picado porque cuando vino a la escuela te dio un corte.
23:50

Prada
Para nada, me la suda lo que piense de mí. ¿Os apuntáis o no?
23:51

Rober
Yo paso de esto...
23:51

Rober salió del grupo

Prada
¿El niñato este de qué va?
23:52

Carola
De lo mismo que yo. Chaito, taradete.
23:54

Carola salió del grupo

Estefan
Tío, yo creo que mejor si nos centramos en pillar porros para el campamento y pasamos de bromitas macabras.
23:55

Prada salió del grupo

Del móvil de Rober:

20 de abril de 2022

Rober
No sabes lo que propuso anoche Prada que hagamos en el campamento...
07:36

Bahía
No sé si quiero que me lo cuentes...
07:38

Rober
Sí, mejor no te lo cuento que no te quiero rayar.
07:38

Bahía
Va a ser una semana complicada...
07:39

Rober
Igual es mejor que no vaya.
07:40

Bahía
No, es mejor que vengas.
07:41

Rober
Ya, pero tú no quieres que sepa que estamos juntos. No lo entiendo.
07:41

Bahía
Mi amor, se lo diré, pero aún no...
A veces creo que Prada es peligroso de verdad. Me ha estado llamando toda la noche.
07:42

Rober
¿Qué te ha dicho?
07:42

Bahía
Lo de siempre. Que era una zorra, que sabía que le había dejado por otro y que si averiguaba quién era le mataría.
07:43

Rober
Le voy a matar yo si vuelve a tratarte así.
07:44

Bahía
¿Harías eso por mí?
07:44

Rober
Pues claro.
07:44

Bahía
¿Lo dices en serio?
07:45

Rober
Lo digo muy en serio. Mataría por ti.
07:45

20

—Espera que estoy flipando mucho... ¿Tú estabas enrollado con la influencer? —le preguntó Carola a Rober, con una mueca de incredulidad.

Para los del grupo, siempre había sido un chico más joven que ellos, poco atractivo. Le llamaban el niño, el empollón, el crío... La mayoría de los motes se los ponía Prada, el que menos se lo tomaba en serio del grupo. Ahora su móvil contaba que era el amante de Bahía, la persona por la que ella había dejado a Prada. De entre todos los posibles candidatos, Rober era el último que cualquiera habría imaginado.

—¡No estábamos enrollados! Nosotros... nos enamoramos.

Rober se justificaba mientras su cuerpo sudaba. La cabaña se había convertido en una sala de interrogatorios y el foco iluminaba su rostro. Además, que no mentía, Bahía y él estaban enamorados. Al menos, eso creía él.

—No puede ser, Bahía es la tía más superficial que conozco... ¿Estás forrado y no nos lo has contado? —se burlaba Carola.

—No hables así de ella —se encaró Rober con la chica.

—Vale ya —trató de mediar Ángela—. A ver si lo he entendido. ¿Bahía dejó a Prada para salir contigo?

En realidad, los detalles de esa relación le daban igual. Lo único que le importaba era que Rober había asegurado en esos mensajes que era capaz de matar por ella. Podía ser un asesino.

—No he matado a nadie, ¿vale? Solo era un juego.

—¿Y hasta dónde jugasteis? —le preguntó Nando, con menos tacto del que había utilizado su novia.

Bahía quería que Prada muriera. Eso era lo que decía esa conversación de WhatsApp. Y Rober se ofrecía a hacerlo sin que las manos le temblaran. No había más mensajes del tema, solo esos, pero a todos les parecieron suficientes para acusarle de ser el payaso asesino.

—¡Venga ya! Solo fue algo que dijimos sin pensar, nada más —se defendió Rober.

—Yo cuando hablo sin pensar no suelo decir que mataría por nadie —le contestó Estefan.

A Laura tampoco le parecía que eso tuviera mucha lógica, no lo ocultó y le pidió que tratara de explicárselo de una forma más convincente. Rober lo intentó, reconoció que Bahía tenía muchas discusiones con su expareja y que él llegó a plantearse intervenir de alguna manera, pero jamás habría llegado tan lejos.

—Tenéis que creerme. ¡No soy un asesino! —les gritó, mientras un sudor agrio y frío le resbalaba por la piel.

—Yo te creo, pero preferiría que te piraras de esta cabaña —le dijo Carola, pidiéndole a Nando que utilizara la pistola para sacarlo de allí si fuera necesario.

—Si yo soy sospechoso, tú también lo eres —la señaló él.

El engreído, la influencer, el tatuado... Así se refería el payaso a los del curso de escritura en su novela. Y así los había bautizado Carola en uno de los mensajes que le envió a Estefan cuando hablaron de quién iría al retiro para escritores.

—Venga ya... Eso fue solo una broma —se justificó Carola, sin ganas de discutirlo como contaban sus brazos cruzados.

—Pues esa broma ha terminado en la novela del payaso —dijo Rober, que había encontrado la forma de dejar de ser el protagonista.

—El asesino habrá hackeado nuestros móviles —defendió Estefan a su amiga—. ¿En la primera parte no pasó eso?

—O igual ella te dio la idea de los nombres —le acusó Nando.

Esos móviles habían abierto interrogantes que no eran fáciles de cerrar. Cualquiera de ellos podía ser el asesino. Cualquiera de ellos podía morir en la siguiente página.

—Así que ahora somos sospechosos. ¿Y qué motivo tenemos para cargarnos a nuestros amigos? —se defendió Estefan.

—Cualquier cosa culebronera, seguro. En estas historias siempre tienen motivos detrás de lo más rijosos —recordó Carola.

—No tenemos la novela escrita ni nada parecido en nuestros móviles. Solo estáis retorciendo pruebas, que ni lo son, para que lo parezcan —insistió Estefan a Nando y a Ángela.

—A mí lo que me gustaría saber es lo que tenéis en los móviles vosotros. Sobre todo, Ángela —lanzó al aire Rober.

—¿A qué viene eso?

—Bueno, tú misma dijiste en clase que necesitabas que hubiera más crímenes para poder escribir una segunda parte —siguió acusándola Carola.

—Y también dije que no quería escribir una segunda parte —zanjó Ángela.

—¿Me dejas echarle un ojito a tu móvil? No tienes nada que ocultar, ¿verdad, prota?

Del móvil de Ángela:

De: angelakuntz@gmail.com
Para: drjacoby@centroclinico.com
Asunto: Recaída

Estimado doctor:

Le escribo porque no me encuentro bien. Últimamente he vuelto a tener picos de ansiedad. Supongo que ha visto en las noticias lo que ha ocurrido con la actriz protagonista de la serie inspirada en la novela que escribí. Todo indica que su muerte ha sido un accidente, pero ya sabe cómo funciona mi cabeza. No dejo de pensar que Alicia es quien lo ha hecho porque sigue viva y quiere vengarse de mí.

Le confieso que he vuelto a sufrir coulrofobia, con ataques severos. Uno de ellos en el metro fue bastante serio. La situación es complicada porque no quiero contárselo a mi pareja. Ya sabe que él nunca quiso que escribiera la novela porque creía que podía acentuar mi enfermedad. Creo que tenía razón, eso es lo que me ha ocurrido. No dejo de pensar que soy responsable de esta recaída.

Quizás todo se solucionaría si vuelvo a tomar la medicación. ¿Me recomienda que retome la misma dosis?

Saludos cordiales,

Ángela

De: drjacoby@centroclinico.com
Para: angelakuntz@gmail.com
Re: Recaída

Estimada Ángela,

Entiendo que estás pasando por un momento complicado y lo siento. Retomar la medicación puede ser una buena forma de que recuperes el control de la situación. En cualquier caso, ya sabes que lo verdaderamente efectivo es la terapia psicoanalítica en la que estuvimos inmersos. Comprendo que la dejaste porque te asustó lo que empezamos a descubrir, pero esos sueños en los que te convertías en el payaso asesino y matabas pueden guardar varias claves inconscientes que te lleven hasta la curación. La única manera de vencer un miedo es enfrentarse a él hasta descubrir que no tiene poder sobre ti.

Saludos cordiales

DOCTOR JACOBY

PSIQUIATRA PSICOANALISTA

—¿Has vuelto a tomar la medicación? —le preguntó Nando a Ángela, mirándola sin pestañear.

No se explicaba por qué no se lo había contado. Ni eso, ni que había vuelto a sufrir coulrofobia. Sí le contó que estaba más alterada de lo habitual después de la muerte de Bárbara, pero también le dijo que lo tenía controlado, «de veras, no tienes por qué preocuparte, ya terminé mi terapia».

—Solo fueron unos días, por todo lo que ocurrió.

—Da igual cuánto tiempo fuera. Tenías que habérmelo contado. Soy tu pareja, Ángela.

—Lo siento, tienes razón, pero es que...

Ángela quiso alejarse del grupo con Nando para poder hablar con algo más de intimidad. En esa cabaña no había paredes tras las que esconderse. Se separaron unos metros y bajaron el volumen de su voz, aunque todos seguían oyendo la discusión.

—Nando, a veces siento que no ha pasado tanto tiempo desde lo de la Complutense.

—¿A qué te refieres? ¿Sigues sin confiar en mí? —le preguntó, sorprendido.

—¡Claro que confío en ti! En quien no confío es en mí.

Suspiró, para ganar algunos segundos en los que encontrar la valentía para contarle la verdad:

—Lo que no quería era que pensaras que yo...

No quería que pensara que estaba loca. Eso era justo lo

que estaban pensando todos, que Ángela iba al psiquiatra, se medicaba y soñaba que era una asesina. Eso último, además, la convertía en sospechosa.

—Así que no solo haces bromas con lo de la segunda parte, también sueñas con colocarte la máscara del payaso —la acusó Carola, una vez de vuelta al grupo.

—¿De qué va todo eso? —le preguntó Rober.

Incluso Laura estaba sorprendida. Esos mails metían a Ángela entre los sospechosos. Estefan les recordó en voz baja que su novio tenía una pistola y que quizás no era buena idea acusarla.

—¿Crees que si fuera una asesina se lo contaría a mi psiquiatra? —Ángela trató de restar credibilidad a sus correos.

No funcionó. En realidad, Ángela sí que estaba asustada por la posibilidad de convertirse en la asesina. Su psiquiatra le había explicado cientos de veces que esos sueños no significaban que quería matar, sino que eran el reflejo de la culpa que sentía. Por la muerte de sus amigos, de Cruzado y de Alicia. Si ella no hubiera escrito nunca aquella novela, *La niña de Carrión*, ninguno de ellos habría muerto. A veces, Ángela sentía que toda esa culpa la aplastaba, pero que era capaz de vivir con ella. Otras veces, las peores, le parecía que no podía soportarla más sobre sus hombros y que la hundía en lo más profundo de la tierra. Ocurría cuando la coulrofobia la desbordaba hasta llevarla a un estado de irrealidad del que regresaba sumida en la tristeza. Sentía que iba a desaparecer, que su pesadilla la iba a absorber hasta convertirse en ella, como Jack Torrance en *El resplandor*. Sabía que una parte de esa máscara de payaso le pertenecía, la había creado ella con sus crímenes. En sueños, sus manos se manchaban de sangre mientras mataba con violencia a la gente que quería: sus padres, sus amigos y Nando. Al quitarse la careta, frente a un espejo que parecía ampliar la imagen que devolvía cada vez más, siempre estaba ella. El doctor Jacoby le había dicho que solo era una proyección de su miedo, fruto de la ansiedad que la consumía por dentro. También era un secreto que la avergonzaba y que no quería que saliera a la luz. Sobre todo, no quería que lo descubriera Nando. Ahora no solo lo sabía él, también Carola, Estefan y Rober, que desconfiaban de su inocencia.

—¡Vale ya! —gritó Laura, al escuchar los ataques de sus alumnos—. No voy a permitir que tratéis así a Ángela. Máxime cuando dos de vosotros podéis ser igual de sospechosos por lo que hemos visto en vuestros móviles.

—Y en el tuyo, ¿qué hay, Laura? —le preguntó Carola, con desconfianza.

Del móvil de Laura:

10 de mayo de 2018

Laura
Nando, soy Laura, la chica de la camiseta de Blondie 😃
He pasado por Campus y me han dado este móvil.
Me han dicho que estás de baja. Todo ok???
00:23

Laura
Hello??? Tranquilo, no voy a pedirte que nos casemos.
Pero estaría bien repetir lo de la otra noche.
01:33

15 de mayo de 2018

Laura
Te he visto en las noticias. Siento mucho por lo que estás pasando. Te envío un abrazo.
15:35

Nando
Ey. Gracias.
23:45

Laura
Si necesitas hablar o cualquier cosa, este es mi número.
23:46

Nando
Habrás visto en las noticias que estoy con Ángela...
23:47

Laura
No te preocupes, yo también tengo a alguien.
Además, te lo digo como amiga.
23:48

Nando
Laura, me vendría muy mal si alguien descubriera lo que pasó entre nosotros. Hay una policía, Novoa, que insiste en tratarme como si fuera sospechoso...
23:50

Nando
No le cuadra la versión de lo que he contado que hice la noche que pasamos juntos... No puedo contar la verdad, Ángela se moriría.
23:53

Nando
Laura???
00:23

Laura
No te preocupes. Lo que pasó está olvidado.
00:45

Nando
Gracias, Laura.
00:46

18 de mayo de 2022

Laura
Hola, Nando. ¿Este sigue siendo tu número?
Quiero hablarte de algo...
00:45

Ángela se sintió como si estuviera viendo una película. Como si lo que Carola acababa de leer en el móvil de Laura no fuera real, sino escrito por un guionista. Le resultaba imposible que los que se intercambiaron esos mensajes hacía años, justo cuando ocurrió todo lo de la Complutense, fueran su novio y su amiga.

—¿De qué va esto? —preguntó, desconcertada.

—No es lo que crees, de verás —le dijo Laura.

En realidad, era justo lo que Ángela creía. Nando intentó abrazarla, pero ella dio unos pasos hacia atrás como los cangrejos, alejándose.

—Ángela, puedo explicártelo.

21

Nando se movió entre las cajas del almacén de Campus, buscando un barril de cerveza. Estaba nervioso, tanto que daba golpes a su alrededor para descargar energía. Cualquiera que le hubiera visto habría pensado que era un chico violento. No le veía nadie porque el bar estaba vacío, era un día entre semana de esos que los universitarios utilizan para estudiar, así que Nando aprovechaba para cambiar los grifos de la barra. En realidad, solo intentaba mantenerse ocupado para no pensar en lo que estaba viviendo. Quería olvidar los últimos días de su vida.

—No voy a decirte dónde está Ángela, ella no confía en ti. Y yo tampoco.

Eso fue lo que le dijo Sara cuando se presentó en la puerta de la habitación de Ángela, en la residencia. Nando la había buscado por todos los rincones de la Ciudad Universitaria: facultades, la cafetería, los jardines que bordeaban Campus... No lograba encontrarla porque su novia estaba escondiéndose del payaso asesino. Y pensaba que el payaso era él.

Unas horas antes, Koldo publicó un vídeo en redes que obligó a Ángela a desaparecer. El *booktuber* del grupo lo contó todo: que un misterioso escritor que firmaba como Payaso de la Complutense estaba escribiendo en Wattpad una novela terrorífica, que era la historia de la muerte de un profesor en manos de sus alumnos, y que sus seguidores podían votar quién debía morir en el siguiente capítulo. Todo para no ser él la próxima víctima. Sus seguidores le habían seguido el juego, sin saber que, en realidad, estaban firmando una sentencia de muerte real.

Ángela iba a ser la siguiente en morir, el payaso ya había escrito su capítulo. Por eso había escapado, sin contarle a Nando dónde iba a esconderse. Era cierto que ya no confiaba en él. No se atrevía a decirlo en voz alta, pero pensaba que podía ser el asesino.

No lo era, Nando necesitaba demostrárselo. Renunció a darse por vencido e intentó hablar con Eva, la única del club que no le había señalado.

—Dime dónde está Ángela. Por favor, Eva —le rogó a la bibliotecaria del grupo.

Insistió una y otra vez en que no era el payaso, pero los del club habían conseguido que Ángela ya no supiera qué creer. Se sentía dolido, pero también alarmado. Su novia estaba en peligro, iba a ser la próxima víctima del asesino. Necesitaba estar a su lado.

—Es que no sé dónde está —le dijo Eva, pero se notaba que mentía.

—Por favor, Eva. Si le ocurriera algo no me lo perdonaría.

Hubo un suspiro, de Eva.

—Olvídala, ¿vale? —zanjó, volviendo a su trabajo en la biblioteca.

Pero Nando la agarró del brazo, dejándole los dedos marcados y obligándola a mirarlo.

—Eva, vas a decírmelo de una puta vez. ¿Dónde está Ángela?

Ella le pidió dos veces que le soltara. Le aseguró que, si no lo hacía a la tercera, gritaría.

—Eva, te juro que no soy yo —le prometió, más calmado.

El verdadero criminal había colocado las piezas en el tablero de tal forma que todo le señalaba a él. Además, había gente en el club a la que le convenía que Ángela y él estuvieran separados. Eso fue lo que intentó explicarle a Eva, que decidió contárselo:

—Ángela está con Sebas...

Nando dejó de escucharla mientras le explicaba que se habían marchado a Carrión. Para esconderse, sí, pero también para saber qué relación había entre toda esa historia de la niña de las montañas y el asesino de la Complutense que quería destriparlos. No la escuchó, en lo único que pensaba Nando era en que su novia se había marchado con Sebas. Ángela confiaba más en ese chico que en él, aunque ya no estaba seguro de que fuera eso, su novia. Desde que cometieron el crimen de Cruzado, Ángela solo se había alejado. Ahora incluso se escondía de él.

Por eso Nando se movía nervioso entre las paredes de Campus, intentando encontrar algo que le ayudara a dejar de pensar que su novia ya había decidido que era el asesino. En realidad, podía cerrar y marcharse a casa, pero sabía que esa soledad sería aún peor.

—Perdona, ¿aún está abierto? —preguntó la chica que se asomó a la puerta del bar de copas.

Vestía unos vaqueros pitillo oscuros, botines, una camiseta de Blondie, el grupo de los años ochenta, y una cazadora de cuero negra, tipo Perfecto. El estado del maquillaje contaba que llevaba horas fuera de casa. También que aún no quería que terminara la noche, aunque, más que para pasarlo bien, para no tener que enfrentarse a apagar la luz y encontrarse a solas con sus problemas. Nando sabía reconocer a ese tipo de personas cuando las veía por el bar. Solían entrar en días como ese, en los que nadie más tenía humor para tomar una copa, y cuando faltaban pocos minutos para cerrar.

—Claro, pasa —le dijo, sonriendo.

Nando dejó de ordenar las cajas con las que se había estado entreteniendo y bajó el volumen de la música. Tenía puesto el disco *Disintegration*, de The Cure, que siempre le recordaba a Ángela. Miró el móvil, no había respondido a sus llamadas ni a los whatsapps. Dejó el teléfono debajo de la barra para olvidarla, se prometió que lo iba a conseguir. Buscó en Spotify algo de Blondie, cosa que hizo que Laura sonriera mientras se sentaba al otro lado de la barra.

—¿Qué quieres tomar?

—¿Tienes algo fuerte que me haga olvidar esta semana?

Nando sonrió. Sabía cómo se sentía y cuál era la mejor botella para eso. A él también le vendría bien.

—¿Te importa si me tomo uno? —Nando nunca bebía cuando trabajaba, pero el bar estaba vacío y lo necesitaba.

Laura le sonrió de una forma que demostraba lo encantada que estaba de que le hicieran compañía.

—¿No nos conocemos? —le preguntó la chica, mientras él llenaba los vasos.

Era probable que se conocieran del bar, Nando llevaba tiempo trabajando allí. Eso fue lo que él le dijo, aunque ella le aseguró que era la primera vez que entraba en Campus.

—¿Estudias en la Complutense? —le preguntó Nando, mientras Debbie Harry cantaba «Picture This».

—Soy profesora, pero gracias por el piropo.

Se llamaba Laura. Le dio dos besos inclinándose sobre la barra. Nando le había parecido guapo desde que se asomó por la puerta, aunque no de una forma convencional, sino más especial. Además, tenía una mirada algo triste. A Laura siempre le atraían los hombres con ojos humedecidos, quizás porque ella era de las que no lloraban nunca.

—He venido para una estancia, estoy haciendo el doctorado...

Dieron un primer trago a las copas, brindando antes.

—Vaya, sí que está fuerte —dijo Laura, haciendo una mueca como cuando chupas un limón.

—Soy un camarero obediente... ¿De qué va tu doctorado?

—Ha volado por los aires en los últimos días y no sé qué

voy a hacer con mi futuro. ¿Te parece bien si hablamos de otra cosa?

A Nando le pareció bien. En realidad, no quería hablar. Esa chica era atractiva, mucho. Sabía que se estaba dejando llevar por la rabia porque estaba enamorado de Ángela, pero quería olvidarla, aunque fuera por unas horas, para dejar de sentirse así. Sabía cuál era la forma de conseguirlo y por eso se bebieron las copas juntos mientras hablaban de cosas que no les comprometían.

—¿Tienes novia?

Otra sonrisa más de Laura, esta con más intención. Tomaron la segunda copa mientras sonaba «Dreaming», ya sin ocultar que se estaban seduciendo. Nando no dejaba de compararla en silencio con Ángela, con la balanza siempre inclinada hacia su novia. Pegó un par de sorbos más y dejó de hacerlo.

Antes de servir la tercera copa, Nando bajó la persiana del local. No llegaron a bebérsela. Todas las cartas estaban sobre la mesa y lo único que faltaba era dar por concluido el juego.

Laura se lanzó a darle el primer beso. Nando llevó la iniciativa en el segundo, mucho más largo. La besó con energía, abriendo su boca con la suya, explorándola. No consiguió quitarse a Ángela de la cabeza, pero siguió besando a Laura, que acarició su cuerpo, aunque no lo hizo con suavidad, sino marcando su piel con los dedos. Parecía que los dos tenían cosas que olvidar y habían encontrado la forma de hacerlo. Más que quitarse la ropa, se la arrancaron, y ni siquiera toda. Laura abrazó a Nando con sus piernas. Dejó de besarle al ver su mirada perdida.

—¿Estás bien?

No lo estaba. Era la primera vez que besaba a otra chica desde que había conocido a Ángela. Necesitaba olvidarla como había hecho ella. Por eso le dijo a Laura que estaba bien, cerró los ojos y entró en su cuerpo. La música de los altavoces se mezcló con sus gemidos, enérgicos y con algo de furia. Los dos querían dejar de sentirse mal y creían que el sexo era la llave para conseguirlo. Siguieron moviéndose juntos hasta alcanzar el orgasmo. Sus cuerpos temblaron. Ni siquiera en esos segundos Nando pudo quitarse a Ángela de la cabeza. Al instante supo que había sido un error. Intentó no mostrárselo a Laura, porque ni se lo merecía ni tenía la culpa de que él estuviera enamorado de otra persona. No lo consiguió.

—Tranquilo, no voy a pedirte que nos casemos —le dijo Laura, al ver de nuevo esa mirada triste en los ojos de Nando—. Además, tú no me has preguntado si tengo novio.

Bromeó para restarle importancia. Nando no tuvo tiempo de explicárselo porque su móvil sonó con insistencia. Le había llegado un whatsapp de Ángela. Al fin. Le pedía que fuera a buscarla, había compartido con él su ubicación.

—No puede ser...

Ese mensaje contaba que Ángela estaba en la Facultad de Medicina de la Universidad Complutense. Allí Nando no se encontró con su novia, sino que le esperaba el payaso asesino. Era una trampa en la que estuvo a punto de perder la vida.

22

Después de aquel último mensaje, Nando no volvió a saber nada más de Laura. Hasta unos días antes del retiro, que volvió a escribirle para advertirle de que coincidirían, a pesar de que había intentado evitarlo diciéndole a Ángela que no estaba segura de que pudiera llevar acompañante. Nando nunca recibió ese mensaje, hacía tiempo que había cambiado de número por todo lo que pasó. Lo que tampoco hizo fue olvidar lo que pasó. Alguna que otra vez creyó verla por la calle cuando paseaba de la mano de Ángela, aunque luego descubría que solo estaba en su cabeza. Las mujeres con las que la confundía representaban la espada de la culpa que tenía clavada.

Laura sí volvió a saber de él porque su rostro, como el de todos los del club, estuvo durante meses en las noticias. Los vídeos del juicio se convirtieron en virales en las redes sociales y todo el mundo tenía algo que decir al respecto. Para Laura, Nando pasó de ser una aventura a uno de esos chicos del club de lectura que mataron a su profesor. Alguien a quien nunca debería haber conocido y, sobre todo, alguien a quien debería haber olvidado.

Nando le ocultó a su novia lo que ocurrió. Quiso confesárselo a los pocos días, pero cuando se sentó con ella para hacerlo, las palabras se fueron ahogando en su garganta. Era demasiado complicado de explicar, sabía que no iba a ser fácil que lo comprendiera. Además, no tenía una verdadera justificación, tan solo la de que se había equivocado y lo sentía. Sabía que Ángela ya había sufrido demasiado y una verdad como aquella le haría aún más daño.

—¿Seguro que no quieres contarme nada? —le preguntó Ángela, mientras se tomaban ese café.

Nando había empezado la conversación diciéndole que tenían algo de lo que hablar. La terminó diciendo que no tenía importancia, solo quería saber si todo estaba bien entre ellos. Ángela decidió dejarlo estar y aceptó el beso corto que su novio le dio para zanjar la conversación. Nando había elegido no contárselo y ya nunca podría hacerlo.

Pasó el tiempo y, pese a la culpa, una parte de él creyó que podía olvidarlo casi para siempre. Hasta que guardar aquel pecado le supuso problemas en su declaración.

Había un agujero en su testimonio que la agente Novoa encontró. No tenía manera de probar las horas en las que estuvo con Laura encerrado en el bar.

—Estuve trabajando en el bar, Campus, como siempre —le dijo una vez más Nando a la agente de policía que le observaba desde el otro lado de la mesa con esa cara que se pone cuando algo no termina de encajar.

—Hay testigos que aseguran que el bar de copas estuvo cerrado aquella noche, con la persiana bajada —le recordaba Novoa.

Estaban en la sala de interrogatorios de la comisaría situada en la calle Leganitos, en la época en la que la investigación sobre los crímenes de la Complutense ya había terminado. Nando trataba de rehacer su vida después de que el juicio hubiera sido favorable, dentro de lo posible. A pesar de eso, Novoa se topó con una contradicción en su testimonio y por eso le pidió que se acercara a «charlar» a la comisaría.

—¿Estoy detenido? —le preguntó cuando la encontró en la puerta de Campus, unas horas antes.

—De momento, no.

Accedió a acompañarla por voluntad propia, aunque, a cambio, le pidió que no le contara nada a Ángela. En aquel despacho húmedo en el que el olor a café americano parecía inyectado en las paredes, hablaron una vez más de las tres o cuatro horas perdidas en la noche en la que el payaso le atrapó en la Facultad de Medicina. Nando aseguraba que estuvo trabajando en el bar, como siempre, pero le contradecían los testigos que intentaron entrar y encontraron el cierre echado.

—No me apetecía ver a nadie, quise estar solo y cerré la persiana. ¿Eso es un delito?

—No lo sé, dímelo tú.

Nando suspiró. Sabía que nunca iba a conseguir convencerla de que olvidara qué pasó aquella noche.

—Un juez ya ha dicho que no soy el payaso. ¿Qué más hace falta para que lo crea?

—La verdad, Nando. Sé que aquella noche ocurrió algo que no has contado. Y tú también lo sabes.

No fue capaz de soportar la mirada de la agente Novoa. Tenía razón, era culpable, pero no de lo que ella pensaba. En cualquier caso, ya no podía confesarlo. Había pasado demasiado tiempo, eran demasiadas mentiras acumuladas. Solo le quedaba cruzar los dedos para que, con el tiempo, acabara diluyéndose y Ángela nunca llegara a descubrir que le fue infiel.

Eso lo consiguió, aunque no pasó lo mismo con la punzada en el estómago que sentía cada vez que ella le reconocía la culpa que guardaba dentro por haberse acostado con Sebas. Él era igual de culpable, con la diferencia de que ni siquiera había tenido valor para confesárselo.

Con aquella mentira de Laura ocurrió como con todas: cuanto más tiempo pasaba, más se enquistaba. Cientos de noches se despertó con el corazón acelerado después de soñar que Ángela lo había descubierto y lo miraba como si fuera un desconocido. Justo como lo miraba ahora, en la cabaña del lago.

—No puede ser verdad —dijo Ángela, con la mayor de las decepciones en la voz—. ¿Por eso te marchaste del campamento?

No lo hizo por los problemas que había tenido con Prada y el resto de chicos, ni para que ella pudiera centrarse en su trabajo. Se marchó por egoísmo y miedo, escapando de Laura y del pasado que compartían.

—Ángela, escúchame, por favor —le pidió Nando—. De veras que he intentado contártelo cientos de veces, pero...

—¡Pero no lo has hecho! ¡Me has estado engañando todo este tiempo!

Sí, eso era justo lo que había hecho. Engañarla. Traicionarla. Había dejado que a Ángela le hundiera la culpa por haberse acostado con Sebas. Que sintiera que había algo en su pasado que jamás podría cambiar y que la llevaba a estar en deuda en la relación. Así se lo había confesado ella las noches de insomnio en las que la culpa no la dejaba dormir.

—Al principio intenté contártelo, pero luego... ¡Todos sospechaban de mí! La agente Novoa habría tenido un motivo más para señalarme si hubiera sabido algo así.

A Nando se le secaba la boca mientras trataba de justificar la mentira. Era cierto que si su infidelidad hubiera llegado a los medios todos le habrían juzgado culpable, eso Ángela no podía negarlo.

—Tal vez te habrían señalado, Nando. Pero a mí me habrías demostrado que me querías lo suficiente como para ser sincero conmigo.

Ángela tocó hueso, él ya no podía encontrar nada con lo que defenderse. Por mucho que la quisiera, su comportamiento no había estado a la altura de ese sentimiento.

—Lo siento. Tenía miedo de que no me perdonaras.

Ella le apartó los ojos, llenos de lágrimas. Ángela casi nunca lloraba. Sus ojos se humedecían, pero las lágrimas no llegaban a caer. Esta vez, mojaban las mejillas y llegaban hasta el cuello.

—Fue culpa mía, Ángela —dijo Laura.

Fue ella la que entró en al bar aquella noche buscándolo, la que le pidió que se tomaran una copa juntos, la que le besó, a pesar de que Nando le contó que tenía novia, y la que insistió en que la olvidara por una noche. Eso fue lo que Laura le dijo a su amiga, en un intento desesperado por solucionarlo.

—Eso no es cierto, Laura, déjalo —le pidió Nando, que no quería que le ayudara con más mentiras.

—Me da igual de quién fuera la culpa. Tú también me has estado engañando, Laura —le dijo Ángela, enfadada.

Sabía quién era la primera vez que la invitó a la escuela. Y también sabía quién era Nando la primera vez que le habló de él, mientras se tomaban algo juntas y se hacían amigas.

—Lo sé y lo siento, de veras, pero es que no sabía cómo decírtelo.

En realidad, Laura nunca quiso confesárselo porque no era ella quien debía hacerlo. Siempre pensó que ese papel le pertenecía a Nando. Además, que tampoco estaba en sus planes que su relación con Ángela fuera a más después de aquella primera clase.

—A mí lo que me parece todo esto es sospechoso, ¿no? —dejó caer Carola—. A ver, tú te enrollas con su novio, él pasa de ti, tú te empeñas en hacerte amiga de Ángela... ¿No se te habrá ido la mano con los celos? Y con el martillo.

—Vale ya, Carola. No tiene gracia —le pidió Laura, de malas formas.

Laura tuvo que justificarse con Ángela. No fue idea suya invitarla a la escuela para charlar de su novela con los alumnos, sino de la directora, ya lo sabía. Ocurrió lo mismo cuando buscaron profesor para el retiro; de nuevo, Laura solo obedeció órdenes de quienes tomaban ese tipo de decisiones. Además, tampoco se sentía celosa, ni había querido nunca inmiscuirse en su relación con Nando. Tan solo fue una aventura de una noche a la que no dio demasiada importancia. Si no hubiera sido por todo lo de los crímenes ni siquiera la habría recordado.

—Ángela, vamos a hablar a solas —le pidió Nando.

Estaba dispuesto a salir de la cabaña para tener intimidad, pero ella no le dejó que le cogiera la mano. Se cruzó de brazos, ocultando sus ojos tras el flequillo, pegado al rostro por el sudor.

—Perdonad, pero creo que esto es más interesante que vuestro asunto de cuernos del pasado —dijo Estefan al grupo.

Y empezó a leer en voz alta:

CAPÍTULO 5: La Mariliendre devorada

Por el Payaso del Lago

En todas las historias hay personajes secundarios que están en ellas solo para apoyar los objetivos de sus protagonistas. No tienen mucha personalidad, son como satélites que giran en torno a los verdaderos personajes. En mi novela también hay secundarios, aunque están en sus páginas para morir antes que los verdaderos protagonistas y así ofrecer las dosis de sangre que necesita el libro. La Mariliendre del grupo no era más que eso, alguien prescindible que estaba deseando matar. Se creía muy graciosa por hablar siempre con sarcasmo, afilando las palabras. Personalmente, su humor frívolo no me despertaba ni siquiera la sonrisa, aunque me he reído a carcajadas matándola.

A estas alturas, ya habréis descubierto que en cada muerte de esta novela hay un guiño a la original, la que escribió la prota. Tenía muchas ganas de hacer algo como lo del pirado, rajarle a alguien la tripa y que se la comiera un perro. No encontré ninguno en el campamento, pero en el bosque de alrededor hay algo mejor: jabalís salvajes.

Hay un escritor al que admiro tanto como a Stephen King. Me refiero a Thomas Harris, al que siempre le estaré agradecido por lo que me enseñó con su novela *Hannibal* (me inspira una segunda parte, qué curiosa coincidencia). Lecter se venga de un degenerado persuadiéndole de que se corte su propia cara y alimente con ella a unos perros. El desfigurado planea una venganza después intentando mutilarle para que una piara se coma al doctor caníbal. ¿No es maravilloso? Resulta que los jabalís salvajes pueden llegar a devorar a una persona sin dejar ni uno de sus huesos, los machacan con sus mandíbulas. Eso era justo lo que yo quería hacer con la latina del grupo, rajarla y dejar que los jabalís engulleran hasta el último centímetro de su cuerpo.

—¿Ese capítulo cuenta cómo va a matarme el asesino? —preguntó Carola, sin poder ocultar el miedo.

Las páginas continuaban describiendo la forma en la que la asesinaba, de lo más salvaje.

—El siguiente capítulo es la muerte de Laura —dijo Estefan, que siguió leyendo en voz alta:

La agarré del cuello y le apreté la garganta hasta que empezó a faltarle el aire. Los ojos eran como los de los dibujos animados, se hincharon tanto que parecía que iban a salírsele de la cara. Justo cuando su piel iba a perder todo el color, aflojé los dedos y la dejé que respirara. Ya sabéis que me gusta disfrutar de momentos como este y no quería que se acabara tan pronto.

Había otro texto más, con la muerte de Estefan. También capítulos que ya habían leído antes, como el asesinato de Prada en el muelle o el de Bahía en el gimnasio. Estaba escrito todo lo que había ocurrido y lo que iba a ocurrir. Era la novela del payaso asesino.

—¿Dónde lo habéis encontrado? —preguntó Ángela.

No necesitaba oír la respuesta, Rober tenía en la mano el ordenador en el que estaba leyendo la novela.

Era el portátil de Nando.

23

Cuando empezó el juego, Nando fue de los primeros en poner su móvil sobre la mesa, aunque ya les advirtió que no tenía batería.

—Vaya, qué casualidad —dejó caer Carola, que parecía empeñada en señalarlo como culpable.

—Se fundió mientras intentaba no morir congelado. Ya siento no haber llevado el cargador a mano —se defendió Nando, con una dosis de ironía.

Lo que sí funcionaba era su ordenador portátil, el que encontró en su mochila y el resto de sus cosas al salir de la barca, como si estuviera esperándole. Se encargaron de recordárselo los tres del grupo que ya habían decidido que era culpable.

—No tendrás problema en que hurguemos en tu ordenador, ¿verdad? —le preguntó Rober, sin ocultar lo poco que confiaba en él.

—Claro que no —respondió, aunque se puso algo nervioso.

Intentó que los dedos no le temblaran mientras escribía la contraseña. «No eres el asesino», se recordó en silencio. El único secreto de Nando era una infidelidad y estaba casi seguro de que no había rastro de ella en su ordenador.

—Adelante, podéis ver lo que queráis. No tengo nada que ocultar —dijo al grupo, echándose a un lado.

—Yo no lo necesito, gracias —dijo Laura, que no estaba dispuesta a participar de la desconfianza del resto.

—Esto es injusto, Nando es inocente —le defendió Ángela.

Sin sentir un ápice de culpa, Estefan y los otros dos estudiantes rastrearon el historial de internet de Nando, la versión de escritorio de WhatsApp, el correo electrónico y las fotos. No dieron con nada que contase que podría ser el asesino. Volvieron a hacer una búsqueda, pero terminaron por olvidar el ordenador y pasar al siguiente móvil, el de Laura, que fue el momento en el que se destapó que el novio de Ángela sí tenía algo que ocultar. En concreto, una infidelidad.

Mientras el triángulo discutía sus infidelidades, Estefan se fijó en una carpeta que flotaba en el escritorio del ordenador encendido de Nando. «Borrador libro», ese era el nombre del archivo. Dio dos golpes de ratón, clic, clic, y el contenido quedó desplegado en la pantalla.

—Es él... —dijo Rober, que tuvo que tragar saliva varias veces mientras leía las páginas de los capítulos.

Todo eso ocurría al mismo tiempo que Nando y Ángela seguían enzarzados en gritarse, tanto que olvidaron el motivo por el que se habían encerrado en la cabaña (cualquiera podía ser el asesino) y Nando soltó la pistola. Rober, que había dejado de parecer un chico tímido y asustadizo, aprovechó para hacerse con el arma y amenazar al que él y sus amigos creían que era el culpable de todo.

—Toda la novela está en tu ordenador. El payaso eres tú —acusó a Nando, después de leer en voz alta cómo iba a matarlo—. Lárgate de aquí, asesino.

—¡Yo no he escrito nada de eso!

Nando intentó explicarles que había perdido el ordenador de vista el tiempo que el payaso lo tuvo encerrado en la bodega de la barca. Estaba convencido de que fue él quien metió todo eso dentro del disco duro para que ocurriera justo eso, que todos pensaran que él era el asesino.

—O igual lo has hecho tú mientras toqueteabas el ordenador. Esa carpeta no estaba en el escritorio cuando lo abrí —acusó a Rober, convencido de que le había tendido una trampa.

—¿Sabes cuál es el único capítulo que no está en esta novela? El de tu supuesto encierro —se defendió el chico, pasando las páginas con el ratón.

Ninguno de los tres estudiantes tenía ninguna duda de que Nando era el criminal del que se estaban escondiendo.

—¡No soy yo! Tenéis que creerme.

—¿Y por qué íbamos a creerte? Ya has demostrado que eres capaz de mentir hasta a tu novia —le recordó Carola.

—Ángela, tú sabes que no soy yo, ¿verdad? —le preguntó Nando.

Nando llevaba más meses de lo que suman un año escribiendo su primer libro. En todo ese tiempo, nunca le había dejado leer ni una sola página. Tampoco quiso contarle de qué trataba, quiénes eran los personajes, las páginas que llevaba escritas ni los motivos por los que era incapaz de terminarla. Ángela intentó convencerse de que nada de eso significaba que su novio fuera el payaso asesino. No quería dudarlo ni por un segundo.

—Nando... —dijo con labios temblorosos hasta que la voz se le ahogó en la garganta.

—¡No soy yo, Ángela!

Ángela ya se equivocó en la Complutense y aquel error por poco le costó la vida a ella y a su novio. Esta vez iba a ser diferente. No podía volver a desconfiar de Nando. Ahora sabía que todo era una estrategia del verdadero asesino para que se alejara de él, pero no iba a permitírselo.

—¡Relájate, pirado! —Rober lo amenazó con el arma.

—¡Que te relajes tú!

Y se lanzó a quitarle la pistola, pero no lo consiguió. Estefan se interpuso y le dio un puñetazo, que fue la mecha de una pelea que Nando no iba a ganar de ninguna manera. Sobre todo, porque Rober disparó.

24

El tiro acertó en la pierna derecha de Nando. La sangre salpicó la cara de Rober, que parecía menos impresionado de lo que debería. Como si no fuera la primera vez que empuñaba una pistola humeante. Ángela se lanzó a proteger a su novio. La herida no era profunda, la bala solo le había rozado, aunque el suelo se había teñido de rojo.

—Estoy bien —repetía Nando, aunque los ojos se le ponían en blanco.

—Nando no ha escrito esa novela igual que no escribió la de la primera parte —insistió Ángela, llorosa porque Rober amenazaba con volver a disparar—. ¿Es que no lo veis?

—No, no lo vemos —dijo Rober, sin soltar el arma—. ¡Largaos de aquí!

—Déjalo, Rober —le pedía Estefan, que, junto con Carola, intentaban que el más joven del grupo se calmara. También empezaban a tenerle algo de miedo.

—Vámonos, Ángela —le pidió Nando, intentando ponerse en pie.

—Da igual lo que pase. El asesino ya ha ganado —dijo ella, antes de salir de la cabaña—. Ha conseguido que queráis mataros unos a otros. Ya somos todos asesinos.

Fuera la noche era oscura, sin que la luna o las estrellas pudieran encontrarse entre las nubes de la tormenta. Había parado de llover, aunque el aire olía a tierra mojada. También a sangre y a azufre. Ángela sentía golpes en la nariz del olor de los asesinatos. Ráfagas de podredumbre que le despertaban náuseas.

—Estoy bien —insistía Nando. Con la manga de la camisa, Ángela le había hecho un torniquete. Ya no sangraba, pero le costaba caminar—. Lo siento —dijo, mirando a Laura que también salía de la cabaña.

Laura se acercó con miedo.

—Yo confío en vosotros —les dijo, pidiéndoles que confiaran en ella—. Tenemos que irnos de aquí ya.

Ángela sabía que no tenían tiempo para reproches y discusiones. También que la herida de Nando empeoraría y que ella sola no sería capaz de tirar de su cuerpo. Necesitaba a Laura, así que eligió confiar en ella.

—En el muelle no hay ninguna barca, estamos atrapados —recordó Ángela, mientras ayudaba a Nando a caminar.

—En la casa del guardés hay otro muelle, tiene varias barcas de remos y una motora —les contó Laura, que cruzó los dedos para que siguieran allí y pudieran escapar del campamento.

—¿Y si es el payaso asesino? —preguntó Ángela, que sabía que cualquiera podía ser el responsable de los crímenes.

—Ese hombre está muerto —le recordó Nando, que lo había visto enterrado entre el hielo de la bodega.

—¿Dónde está la casa? —preguntó Ángela.

La casa se encontraba al otro lado de aquel bosque negro que marcaba la frontera del campamento. Parecía que había millones de árboles, coníferas tan altas que tocaban el cielo oscuro. Los inmensos troncos apenas se separaban por unos centímetros, era difícil caminar entre ellos sin que una raíz te atrapara. Atravesar ese bosque oscuro era muy peligroso. Hacerlo sabiendo que el payaso asesino quizás estaba oculto entre sus sombras era una sentencia de muerte.

—Tenemos que cruzarlo —dijo Ángela, que sentía la respiración de Nando cada vez más apagada.

Sabía que no tenían mucho tiempo, necesitaba llevar a su novio a un hospital. La ayuda no llegaría hasta la mañana siguiente y para entonces ya sería demasiado tarde.

La única luz con la que contaban era la de las linternas de los móviles de Ángela y Laura. Conseguirían ver más si miraban lo que se abría frente a ellos a través de la pantalla, con la cámara encendida.

—Lo importante es que no nos separemos —dijo Laura, intentando no dejarse llevar por el miedo.

Las dos chicas se colgaron a Nando de los hombros y se introdujeron en un bosque negro como los de los cuentos. Miraban el camino a través de las pantallas de los móviles, aunque apenas conseguían un pequeño haz de luz para marcar los pasos. Unos metros más allá, dejaron de ver el campamento a sus espaldas.

La espesura de los árboles los había envuelto, igual que los sonidos del bosque: ramas golpeadas por el viento furioso, pisadas sobre la tierra mojada, animales que los observaban. En realidad, el ruido más intenso era el de sus respiraciones, cada vez más ahogadas.

—Creo que es por allí. —Laura señaló a la derecha.

—¿Estás segura? —le preguntó Ángela, iluminando lo que les rodeaba con el teléfono.

En realidad, no podía estar segura de que ese fuera el camino correcto, la oscuridad no le dejaba discernirlo. Nando apretó los dientes mientras caminaban, el dolor de la pierna era más intenso cada segundo.

—Estoy bien —le mintió a su novia.

No sabía cuántos pasos más iba a poder dar. Apenas mantenía los ojos abiertos y cuando lo hacía sentía que el payaso estaba en la oscuridad, observándolos. Ángela, a pesar del miedo, intentaba mantener a raya la coulrofobia. Sabía que si se dejaba dominar por la ansiedad todos morirían.

—¿Qué es eso? —preguntó Laura.

Mirando por la pantalla del móvil, se acercó a uno de los

árboles que les rodeaban. Tenía una página de la novela del payaso asesino clavada en el tronco. Estaba manchada de sangre:

Hay gente que no tiene corazón. Los escritores del retiro parecía que guardaban dentro uno de hojalata porque ni siquiera se apiadaron cuando el pobre rarito del grupo les rogó entrar. Lo dejaron fuera de la cabaña para que yo pudiera matarlo. Qué crueles. ¿Veis como merecen morir?

Es verdad que el chico era raro, pero el pobre tenía motivos para estar siempre tan apagadito. Antes de que ellos lo conocieran, había sido el rey de la fiesta. Qué lástima, era demasiado joven para destrozar su vida como lo hizo.

Soy de los creen en las segundas oportunidades, pero, al parecer, sus compañeros de retiro de escritura no estaban de acuerdo. Para ellos tenía todas las papeletas para ser el asesino. Qué equivocados estaban… El pobre borracho del grupo ni siquiera estaba en mi lista de víctimas, fui el primer sorprendido al encontrármelo aquí. En todas las historias hay cadáveres que se podrían evitar y este es uno de ellos. La prota ya lo intentó cuando abrió la puerta de la cabaña en la que se escondían. Llegó tarde, como siempre (esta chica siempre descubre tarde en quién debe confiar y en quién no), pero este borracho no estaba en mi lista de víctimas y por eso no voy a matarlo. Al menos, no lo haré yo.

Este bosque oscuro es tan grande y angustioso como una feria del libro llena de payasos asesinos, ¿verdad? Debe de ser terrorífico encontrarte perdido aquí después de haber tenido una recaída que no te deja abrir los ojos… Ángela, solo tú puedes ayudarle. ¿O vas a volver a llegar tarde? ¡Elige tu propia aventura!

Gira a la derecha si quieres salvarle	Gira a la izquierda si quieres salvarte tú

—Vámonos, puede que sea una trampa —dijo Laura, insistiendo en que tenían que salir cuanto antes de ese bosque.

—¿Y si no lo es? —preguntó Ángela.

Casi podía oír la respiración disparada de Unax a su alrededor. Y luego un grito, tan solo a unos metros. Era él, aterrado.

Y Ángela giró a la derecha.

25

—¿Habéis oído eso? —preguntó Estefan.

—¿El qué?

Esperaron unos segundos por si el aire volvía a traer el grito que Estefan creía haber oído fuera, en el bosque.

—Yo solo oigo los bichos —insistió Carola.

Seguían en la cabaña del club, a oscuras porque habían decidido apagar todas las luces. También habían bloqueado la puerta y cubierto, con lo que encontraron, las ventanas. El olor en el aire a sudor agrio pesaba más cada segundo.

Solo tenían que aguantar unas horas, hasta el amanecer. Para entonces alguien descubriría que la barca del lago había desaparecido e iría a buscarlos, eso era lo que repetía Estefan. Estaba convencido de que sería así, los encontrarían y todo terminaría. Sin embargo, no se sentía capaz de responder con tanta seguridad a la pregunta de si los encontrarían vivos o muertos. No llegó a decirlo en voz alta, pero Estefan tenía dudas, no estaba convencido del todo de que Nando fuera el asesino. O quizás sí, pero había alguien más detrás de la máscara del payaso. Sabía que estaba cerca y que no les dejaría salir de allí con vida. Sus muertes ya estaban escritas, ¿no?

La pistola seguía en las manos de Rober, manchadas de sangre. Estefan estaba impresionado por cómo se había comportado al herir a Nando, le había disparado sin que le temblara el pulso. Y ahora se movía con la pistola en las manos como si ya la conociera de antes.

—¡Si vuelve por aquí lo mato! —repetía Rober una y otra vez.

Se detenía siempre en las mismas esquinas de las ventanas para mirar fuera, como si se pudiera discernir algo en la oscuridad que había al otro lado del cristal. La forma en la que se comportaba daba miedo, tanto que Estefan empezó a intercambiar miradas de desconfianza con Carola.

—Cálmate, tío —le aconsejó, demostrándole con una sonrisa que ellos eran personas en las que confiar.

En realidad, Estefan no dejaba de pensar en lo que había dicho Ángela, que el payaso ya había ganado porque desconfiaban unos de otros. Que iban a convertirse en asesinos.

En el punto en el que se encontraban, parecía imposible saber quién era el asesino hasta que se quitara la careta. En el punto en el que se encontraban, Rober parecía el asesino.

—¿Y si él es el payaso? —le murmuró Carola a Estefan, aprovechando un segundo en el que estaba lejos de ellos.

Si lo era, estaban encerrados con él en la cabaña y tenía el arma. Podían planear cómo quitársela, eso dijo Carola, aunque ya había demostrado que le sobraban agallas para disparar. Estefan empezaba a pensar que quizás todo lo de Nando había sido una treta para señalarlo como falso culpable y poder asesinarlos a ellos.

—En ese caso, no creo que sea buena idea quitarle la pistola —dijo Carola, que estaba asustada de verdad.

—Tampoco creo que sea buena idea que la tenga.

Rober seguía moviéndose de un lado a otro, con las fosas nasales abiertas y los ojos inyectados en sangre.

—¿Qué le ha hecho a Bahía ese cabrón? —repetía, leyendo una vez más en el ordenador de Nando el capítulo de la muerte de su amante.

Hasta que empezó a romperlo a tiros. Los cristales de la pantalla se le clavaban en el rostro, pero no parecía importarle. Destrozó el ordenador, que quedó reducido a añicos, sin dejar de gritar como un monstruo.

—Tío, déjalo —le pidió Estefan, poniéndole una mano en el hombro.

—¡No me toques! ¡No se os ocurra acercaros a mí! —les amenazó con la pistola.

Carola levantó los brazos igual que si estuvieran en un atraco, pidiéndole que se calmara. Hizo lo mismo Estefan, pero ni así consiguieron que dejara de señalarlos con el arma.

—¿Qué pasa? Queréis matarme, ¿verdad?

Más que preguntarlo, lo afirmaba. En su mente eso era lo que ocurría. Con la pistola en alto, hizo que los dos dieran unos pasos hacia atrás.

—Cálmate, tío. Te juro que nosotros no queremos matarte —le repitió Estefan, tratando de mantenerse sereno.

—Para nada queremos matarte. Tiene pinta de que es más bien al revés... —le acusó Carola.

Rober vio su reflejo en el cristal de la cabaña, amenazando a sus amigos, con las manos manchadas de sangre seca. Empezó a llorar igual que un niño muerto de miedo.

Repetía una y otra vez que no quería perder la vida.

—Por favor, no quiero morir, no quiero morir —decía entre sollozos.

También confesó lo triste que se sentía por la muerte de Bahía. No podía ser verdad, tenía que estar viva, se repetía llorando.

—Vamos a salir de esta, ¿vale?

Estefan le abrazó y le dejó que llorara en su hombro. Carola iba a aprovechar el momento de debilidad para quitarle la pistola sin que Rober se resistiera. Por unos segundos, Estefan pensó que su amiga también podía ser la asesina.

En cualquier caso, no llegó a quitársela porque Rober recobró de pronto la energía y empuñó el ama. No les apuntó a ellos, sino hacia la habitación que quedaba a la derecha.

—¿Qué es eso que suena? —preguntó.

Era algo mecánico que todos conocían de sobra, aunque tardaron en reconocerlo. Venía del despacho, era la impresora que movía el cartucho de un lado a otro. Estefan fue corriendo hasta allí.

—Es la novela del payaso —dijo, al recoger la página que acababa de imprimirse.

El principio de un capítulo que contaba sus muertes:

Hay pocas cosas que deteste más que a los cobardes. Los que se quedaron en la cabaña lo eran. No les importó dejar atrás al resto del club para salvarse ellos. Tampoco amenazar con matarlos. Se les olvidó que en este lago solo puedo matar yo.

La Mariliendre, el niño y el cachas estaban convencidos de que iban a sobrevivir, que no les iba a arrancar la piel a tiras como se merecían. Si esperaban a que el sol saliera de nuevo, alguien acudiría en su ayuda, ¿verdad? Pobres ingenuos, ya eran cadáveres. De ninguna manera se iban a librar de lo que les esperaba. Algo original y nuevo, sin referentes porque como escritor también me gusta crear nuevos escenarios que el día de mañana inspiren a las futuras generaciones. En realidad, la idea me la dieron ellos al encerrarse juntos. Lo que no esperaban era que yo estuviera con ellos en esa cabaña.

—¿Dónde está? —preguntó Rober, mirando a su alrededor, con la pistola por delante.

Los primeros segundos se quedaron paralizados. Después buscaron al asesino por el espacio. Las tablas de madera de la cabaña crujían bajo sus pies. Miraron tras los muebles, las cortinas y hasta en el tiro de la chimenea. Estaban solos.

—Es que el asesino es uno de vosotros —dijo Rober, y repitió en voz alta una de las frases impresas: «Lo que no esperaban era que yo estuviera con ellos encerrado en esa cabaña».

Esa frase solo podía significar que uno de ellos era el asesino.

—Atrás, ¡atrás! —les gritó, sin dejar de amenazarlos.

—Rober, no soy yo —juró Carola.

En realidad, solo podía asegurar que no era ella la asesina. ¿Y Estefan? No parecía tener motivos, pero tampoco Ángela supo los que tenía Sebas hasta que mostró su verdadera cara. Al igual que el asesino de los crímenes de la Complutense, Estefan podría haberles estado engañando durante todo el tiempo que habían sido amigos.

—¿Cómo puedes decir eso? —dijo Estefan, al escucharla—. ¡El payaso está jugando, quiere que nos matemos entre nosotros!

La impresora volvió a ponerse en funcionamiento. Estefan quiso ir a por la nueva página, pero Rober le amenazó.

Hay momentos en los que tienes que saber las decisiones que debes tomar. Como cuando eliges el postre. Un mal postre puede fastidiarte toda una cena maravillosa, ¿verdad? Imagina que estás encerrado en una cabaña con dos personas. Una de ellas es el asesino. ¿Qué eliges? ¿Matar o que te maten?

«Matar o que te maten», esa era la opción que les daba el payaso asesino. Antes de que Rober lo decidiera, Estefan se lanzó a quitarle el arma. Forcejearon hasta que el arma soltó una bala. El cuerpo de Rober convulsionó mientras vomitaba sangre. Estefan le había disparado.

—¿Qué has hecho? ¿Qué has hecho? —le decía a Estefan, sujetándose a su último hilo de vida.

Intentó cerrar la herida abierta con las manos, pero fue inútil. Cayó al suelo y se arrastró unos metros, gritando. Antes de que pudiera alcanzar la puerta, Rober murió.

—Ha sido un accidente, no quería hacerlo... —Estefan le aseguraba a Carola que la pistola se había disparado.

—No me mates —le rogaba ella—. ¡Déjame salir de aquí!

Abrió la puerta sin escuchar a Estefan, que le juraba que no era el asesino.

—Carola, no te marches... ¡Espera!

Desoyó sus gritos y salió corriendo de la cabaña.

—¡No, Carola! —gritó, al ver al payaso.

Llegó desde la derecha, con paso firme. Cogió a Carola del cuello y le clavó los pulgares en los ojos mientras la asfixiaba. Esperó a que su cuerpo se quedara sin aire y después lo dejó caer el suelo.

Estefan no la ayudó, le pudo el miedo. Entró de nuevo en la cabaña. Bloqueó la puerta con todo lo que pudo mientras rezaba entre dientes, abrazado a la pistola.

Se oyó el ruido de la impresora al ponerse en marcha de nuevo.

Ahora ya sabes que si lees mi novela, no eres inocente. Al final, te convierte en cómplice de mis asesinatos. Tú, además, te has convertido en un criminal ¡Como Ángela! Tu homenaje no es a ninguna muerte de la primera parte, sino a la vida de la Monja. Te pareces tanto a ella con esa falsa inocencia... Por eso voy a apiadarme de ti. No hay nada más terrible para un buen chico que tener que seguir con su vida sabiendo que es un asesino. Sabiendo que tendrá que explicarle a la policía cómo mató a su amigo. Que tendrá que mirar a los padres de este a la cara y darles el pésame sabiendo que no hizo nada para ayudarlo. Vivir toda tu vida sabiendo que eres un asesino es la peor de las muertes.

(Si no lo soportas, siempre puedes pegarte un tiro 😃)

Con lágrimas de desesperación en los ojos, Estefan leyó una y otra vez el texto que le había escrito el payaso. Cada vez que lo hacía apretaba más la pistola en la mano.

Hasta que se metió el cañón en la boca.

26

Ángela intentaba orientarse en la oscuridad del bosque. Lo miraba todo a través de la pantalla del móvil. Le saltó un aviso que le recordaba que apenas le quedaba batería. Solo tenía unos minutos más para encontrar a Unax antes de que el payaso acabara con su vida.

Antes de eso, le había hecho prometer a Laura que llevaría a Nando hasta el muelle del guardés, que no le dejaría solo. Y que si ella tardaba más de lo que debería en volver, se marcharían en busca de ayuda.

—No lo hagas, Ángela —le pidió Laura.

—Buscad la barca, corred.

—Ángela, no... ¡No! —le gritó Nando.

No podía ir detrás de ella, la herida en la pierna cada vez le hacía más difícil mantenerse en pie y con la mente despejada. Ángela le prometió que saldrían de esta, le dio un beso y giró a la derecha en el camino del bosque.

A los pocos pasos encontró otra página clavada en el tronco de un árbol con un martillo:

TRIBUNAL SUPERIOR DE JUSTICIA

SALA DE LO PENAL NÚMERO 12

ANTECEDENTES

—El Juzgado de Instrucción n.º 12 instruyó sumario con el n.° E66 contra Luis Antonio Cruzado Sánchez, y, una vez concluso, lo remitió a la Audiencia Provincial de Madrid, Sección Tercera, que con fecha E0 de octubre de 2018 dictó sentencia que contiene los siguientes hechos: según testimonio de la acusada el día 9 de abril de 2018 sobre las 09.E0 horas Ángela Kuntz Mozas acudió voluntariamente al despacho de Luis Antonio Cruzado en el edificio de la Facultad de Letras de la Universidad Complutense de Madrid. El profesor comenzó a hablar con ella de uno de los trabajos que estaba realizando para su clase. También de la novela en la que Ángela estaba trabajando. Pasados unos minutos, Antonio se sentó más cerca de ella y puso su mano en la pierna de la alumna. Ángela se sintió violentada y trató de comprender lo que estaba ocurriendo. Antonio le dijo que quería tener relaciones con ella y que estaba seguro de que ella querría tenerlas con él. Ángela se levantó y trató de salir del despacho. Antonio comenzó a besarle el cuello y Ángela le propinó un empujón. Viendo restringida su libertad sexual, intentó salir, pero se encontró con la puerta del despacho cerrada. Amenazó con gritar y Antonio le dijo que si le contaba a alguien lo ocurrido destruiría sus posibilidades de futuro como escritora. Finalmente, Antonio abrió la puerta y Ángela consiguió salir del despacho después de sufrir una severa amenaza.

A raíz de la declaración de Ángela, se revisó el expediente de Antonio Cruzado, comprobándose dos denuncias previas de abusos a alumnos, de 201E y 2016, resueltas en el juzgado 24 que fallaron en su contra.

La Audiencia de instancia dictó el siguiente

pronunciamiento: FALLAMOS: Que debemos absolver y absolvemos a Ángela Kuntz de los delitos de homicidio voluntario por los que ha sido acusada, declarándose su muerte como accidente. Debemos condenar y le condenamos como autor responsable criminalmente de un delito de abuso sexual a Luis Antonio Cruzado. Dado su fallecimiento, queda anulada la pena de prisión con accesoria de inhabilitación especial, supeditando el pago de las costas del juicio en orden a la responsabilidad de los familiares directos. Se aceptan recursos a la sentencia en un plazo de un mes desde la fecha del fallo.

¡ELIGE TU PROPIA AVENTURA!

Gira a la derecha si crees que Ángela dijo la verdad.

Gira a la izquierda si crees que Ángela es una mentirosa.

Ángela había leído ese texto cientos de veces antes. La sentencia que había decidido que la muerte de Cruzado no fue un homicidio doloso, como se denomina al que tiene conciencia y voluntad de matar. En cambio, fue clasificado como involuntario, en el que «el autor ejecuta una conducta que causa la muerte de una persona sin que exista voluntad de ello», con una pena de dieciocho meses que les libró de ir a la cárcel. Para el tribunal, el verdadero asesino había sido Sebas, ya que fue quien hirió a Cruzado con el martillo para que cayera por la escalera. Ángela y Nando consiguieron que la sentencia fuera favorable, aunque no estuvo exenta de polémica. Para muchos eran unos asesinos. Ángela pasó los peores meses de su vida intentando convencer al mundo de que no lo eran; no lo consiguió hasta que escribió *Los crímenes de la Complutense*, su carta abierta al mundo en la que contaba lo que de verdad había ocurrido. Si esa sentencia tenía algo que ver con lo que estaba ocurriendo en el campamento, Ángela no era capaz de descifrarlo.

Giró a la derecha, moviéndose como un reptil por entre los árboles frondosos que parecían querer atraparla. Siguió llamando a Unax a gritos, aunque ya no parecía contestarle.

—¡Unax!

El ulular de los búhos, los roedores que se escondían bajo la tierra y los insectos a su alrededor, eso era lo único que oía. Hasta que creyó que se acercaban pasos de zapatones pesados y lentos.

¡Plas, plas, plas!

Se detuvieron sin que hubiera llegado nadie hasta ella. El corazón de Ángela se aceleraba mientras ella giraba como un compás. La pantalla del móvil apenas dejaba ver unas sombras entre la oscuridad, pero ella creía ver miles de ojos observándola. Le llegó un susurro lejano que parecía envuelto en una atmósfera de irrealidad:

—Ángela, Ángela, Ángela...

Era la voz de Alicia, aunque quizás solo se estaba volviendo loca porque la buscó entre los troncos de los árboles sin conseguir encontrarla. Dio unos pasos cortos en la oscuridad, con el corazón cabalgando bajo el pecho, como si la ansiedad fuera a atravesarle la piel. Pensó que, si no la mataba el asesino, lo haría la coulrofobia. Intentó recordar las palabras que tantas veces le había repetido su terapeuta, el doctor Jacoby:

> «La única manera de vencer un miedo es enfrentarse a él hasta descubrir que no tiene poder sobre ti».

Intentó que las manos le dejaran de temblar para poder mirar el bosque a través de la cámara. Unos segundos después, el teléfono se fundió. Ya no tenía batería. Si Alicia estaba allí, no podría verla hasta que estuviera a unos centímetros de ella. Buscó algo a su alrededor con lo que defenderse. Palpó el suelo, pero solo encontró ramas frágiles que no la ayudarían. Entonces vio algo clavado en un tronco con un martillo. Una nueva página del capítulo que estaba escribiendo el payaso y de la que ella parecía ser la protagonista. Intentó encontrar la luz de la luna para poder leer, aunque apenas podía diferenciar las líneas:

El pobre Unax quería encontrar la salida. No era nada fácil, el bosque se había convertido en un laberinto tan claustrofóbico como el del hotel Overlook. Es una pena que haya acabado allí encerrado porque el chico es un trozo de pan que no mataría ni a una mosca. ¡Es inocente! Y todos tachándolo de culpable y condenándolo a morir al dejarlo fuera de la cabaña…

No le sentó nada bien, el desplante, así que intenté que se tranquilizara. Le di de beber, sé que le encanta. Por eso le puse un embudo en la boca y fui metiéndole una botella tras otra. Se notaba que lo había echado de menos, que estaba deseando sentir la droga en su cuerpo. Disfruté viendo cómo se ahogaba hasta perder el conocimiento, aunque le he dado puñetazos hasta que ha revivido. Ahora está en este bosque, intentando escapar de mí

Hablo en presente, sí, porque no está muerto. He dejado que siga vivo para que tú, prota, le ayudes. Sé que te puede la culpa. Te has equivocado dudando y ahora vas a tener que llevar otro cadáver más encima. ¿Cuántos llevas? Deberías quitarte de en medio de una vez. Eres tóxica, Ángela.

¡ELIGE TU PROPIA AVENTURA!

Gira a la derecha si quieres matar al payaso.

Gira a la izquierda si quieres volver con tu novio.

Llegó otro grito de Unax, solo a unos metros. La prueba de que estaba vivo y el payaso no mentía, aunque estaba segura de que le aguardaba alguna sorpresa.

—¡Unax!

Ángela se llenó de energía, cogió el martillo clavado en el tronco y siguió la dirección que le marcaban los gritos, a la derecha. Hasta que una mano se apoyó en su hombro.

Un payaso asesino.

Ángela le empujó y le clavó el martillo con fuerza, aunque no tanta como para acabar con él. El payaso cayó al suelo, pero no fue detrás de ella. En realidad, parecía estar escapando y pidiéndole ayuda, como Koldo en la feria del libro en la que murió. Igual que en aquella situación, las manos de Ángela estaban manchadas de sangre. No era suya, pero, esta vez, ella había herido al payaso. Empezó a comprender lo que había ocurrido. Cuál era la trampa del payaso.

—No, no...

Ángela intentó quitarle la careta, pero estaba clavada al cuerpo y era imposible hacerlo sin arrancarle la piel a tiras. Tenía algo en la mano. El final del capítulo:

Y entonces Ángela mató al pobre Unax pensando que era un asesino, cuando el pobrecito solo estaba intentando escapar.

Fin del capítulo ☺

—Unax, aguanta, por favor... ¡Unax!

Pero no lo hizo, Unax murió. Ángela le había matado.

El payaso había conseguido convertirla en una asesina. Ahora ella llevaba el martillo en la mano.

Soltó el arma, como si le quemara. Buscó a su novio por el bosque, a ciegas.

—¡Nando! —gritaba, sin que le respondiera.

Era imposible orientarse, nada marcaba el camino a seguir, pero Ángela ya no tenía miedo. Lo había perdido porque sabía quién era el payaso asesino.

Giró a la izquierda, a la derecha, otra vez a la izquierda... Hasta que encontró a Nando. Laura lo agarraba para que se mantuviera en pie.

—¡Ángela! ¿Qué ha pasado? —le preguntó la chica.

Pero Ángela la amenazó con el martillo.

—Suelta a Nando.

—¿Qué pasa, Ángela?

—Que sé quién eres, Laura.

Era el payaso asesino.

27

La Escuela de Escritores tenía una pequeña cafetería en la planta baja. Las paredes, como las del resto del edificio, estaban cubiertas con frases escritas por Virginia Woolf, George Orwell, Emilia Pardo Bazán, Goethe, Herman Melville, Federico García Lorca o Emily Brönte. Por la cafetería solían dejarse ver los estudiantes entre clase y clase, para charlar de libros o de lo que iban a hacer el fin de semana, pero aquella tarde nadie les hacía compañía a las tazas ordenadas sobre la barra. Hasta que llegó Ángela, vestida más formal que de costumbre, con maquillaje en el rostro y el pelo sujeto con una coleta baja. Se abrazaba a la carpeta en la que traía los apuntes para su clase, había pasado días preparándolos. Aún faltaban unos minutos para entrar en el aula, así que Laura, la coordinadora del curso, quiso invitarla a un café para que el tiempo pasara más rápido.

—Mejor agua con gas, estoy algo nerviosa —le confesó Ángela.

Era la primera vez que se veían en persona, aunque hablaban como si se conocieran porque llevaban semanas cruzando correos electrónicos. En los últimos se despidieron enviándose abrazos. Laura la había invitado a participar en la escuela, una clase con los alumnos del último curso para hablar de su libro. Al leer el primer mail, Ángela le contestó que «muchas gracias, pero ahora mismo tengo la agenda completa, quizás en otra ocasión», y cosas por el estilo. No era muy dada a ese tipo de encuentros y más desde que se anunció todo lo de la serie. Las presentaciones y mesas redondas en las que participaba terminaban convirtiéndose en charlas incómodas en las que le lanzaban preguntas de color amarillo, sin ni siquiera haber leído el libro. Parecía que atraía más el morbo en torno a su historia que su trabajo como escritora.

A pesar de la negativa, Laura no se rindió. En su segundo mail fue mucho más sincera:

Para: angelakuntz@gmail.com
De: laura@escuelaescritores.com
Asunto: RE: Clase Escuela de Escritores

Hola,

Te escribo de nuevo para insistirte en que vengas a impartir una Masterclass a la escuela. Estuve en tu uni con una estancia posdoctoral hace años, te confieso que por eso me acerqué a tu historia. Me apenó mucho todo lo que ocurrió y quería conocer la verdad de primera mano. Reconozco que empecé tu libro llena de prejuicios, pero lo cerré pensando que eres ESCRITORA, en mayúsculas. Eso fue lo que le dije a mi jefa, la directora de la escuela. Le hablé de ti y de tu obra de tal modo que malinterpretó mi entusiasmo, creyó que nos conocíamos y yo no se lo negué. Le he dicho que te pillaba mal la fecha y que no iba a poder ser, pero me ha pedido que busque otro día que te cuadre porque tienes que venir sí o sí. El caso es que ahora estoy en un brete...

Ángela, realmente creo que mereces ser profe de este curso y que los chavales van a poder aprender mucho de ti. Si al final te apuntas te invito a un café, un gin-tonic y un jamón de pata negra.

Abrazos

LAURA

Al leer el correo a Ángela se le dibujó en la boca un gajo de naranja.

Para: laura@escuelaescritores.com
De: angelakuntz@gmail.com
Asunto: RE: Clase Escuela de Escritores

Hola de nuevo:

Venga, me apunto. Con lo del jamón me has convencido. ☺

¿Me pegas un toque y me cuentas más? No he dado muchas clases y tengo algunas dudas sobre el material que tengo que preparar.

Abrazos,

ÁNGELA

Unas semanas después, Laura fue a recibirla a la entrada de la escuela.

—Te debo una copa. ¿Quieres empezar por el gin-tonic o te vale un café?

—El café con jamón ibérico me parece bien —se rio Ángela.

Laura le pareció igual de natural y directa que en su mail, con una pistola en la lengua para disparar ingenio. Mientras caminaban juntas por el edificio, acompañadas por el sonido de los tacones, Laura le habló de la escuela, de la directora, que la tenía siempre a prueba, y de que le estaba salvando la vida con su presencia allí.

—Te confieso que me hace bastante ilusión estar aquí —le dijo Ángela, algo sonrojada.

Era un centro de lo más prestigioso, con pocos alumnos, pero de los que se tomaban en serio la literatura. Los escritores que estaban en su cuadro de profesores eran gente a la que Ángela leía con un lápiz para subrayar frases. No admitían alumnos que no tuvieran verdadera vocación, las pruebas de acceso eran muy exigentes. Que se hubieran interesado por ella y su libro hacía que se sintiera especial. Esa escuela era el tipo de centro en el que le hubiera gustado estudiar. Se le hacía extraño estar allí como profesora, que era lo que decía la acreditación que llevaba colgada del cuello. También le ponía algo nerviosa, se frotaba las manos como si tuviera una pastilla de jabón mientras esperaban a que la camarera les sirviera.

—Tengo que decirte que te he mentido —le confesó a Laura, mientras vertía en el vaso el agua con gas, que hizo tintinear el hielo.

Laura se despegó la taza de café de los labios y la miró, expectante.

—Te dije que no había dado muchas clases, pero, en realidad, no he dado ninguna.

—¿Te cuento el secreto para ser profesora? Por poco que sepas del tema, siempre será más que lo que saben los que tienes sentados en los pupitres.

—Tomo nota. —Ángela le agradeció el consejo—. ¿Llevas mucho tiempo dando clase?

—Estoy empezando a perder la cuenta, la verdad.

Laura le contó que había pasado por varios centros, aunque su carrera perdió algo de fuerza cuando dejó la tesis a medias. También que había publicado unos cuantos ensayos y alguna novela de ficción, pero ninguno de ellos con grandes editoriales. Eso sí, estaba empezando a escribir una nueva historia y tenía el pálpito de que iba a funcionar.

—Tienes que firmarme la factura para que podamos pagarte —recordó Laura apurando el café—. ¿Vamos un segundo a mi despacho?

Subieron caminando hasta la segunda planta, donde estaban los despachos. El de Laura quedaba al fondo.

—La directora tiene el único con ventana —bromeó Laura, señalándole una puerta con el número 237.

A Ángela le extrañó que no quisiera presentársela, ya que Laura había insistido en que el interés de la directora era el verdadero motivo por el que estaba allí. Ángela siguió a Laura y entraron juntas al despacho. Era pequeño, y daba la impresión de ser aún más pequeño por los ficheros con los expedientes de los alumnos que forraban las paredes.

—Dame un segundo que imprimo la factura, ¿vale?

Mientras Laura toqueteaba el ordenador, Ángela se fijó en la máquina de escribir antigua que decoraba una de las baldas de la estantería, una Royal 10 de color negro, de los años veinte.

—Es preciosa —le dijo Ángela, al ver que Laura se había dado cuenta de que la contemplaba maravillada.

—Fue una herencia —le contó con una sonrisa rápida, aunque algo triste.

Mientras sacaba la factura, Ángela se entretuvo acariciando las teclas de la máquina. Faltaba una. La del número tres. En la máquina había una página escrita, a medias, de algo sin importancia. Cada vez que faltaba ese número, lo sustituía con la letra E, eso le contó Laura.

—Aquí está la factura. ¿Preparada para la clase?

Después de leer el último capítulo del payaso asesino, Ángela supo que Laura estaba detrás de la máscara. Lo supo porque cada vez que había un número tres en el texto había sido sustituido por la letra E, en mayúscula. Eso solo podía ser porque estaba escrito con una máquina de escribir antigua a la que le faltaba la tecla de ese número. Justo la que faltaba en la Royal 10 del despacho de Laura. Ángela estaba segura de que era la escritora de la novela con la que quería matarla.

—¡No soy yo! —le juró Laura al escuchar lo que había deducido—. ¡Es una trampa, el verdadero payaso quiere que creas que soy la asesina!

A pesar de eso, Ángela la amenazaba con el martillo para que soltara a Nando y se mantuviera alejada. Laura insistió en que ella misma le había contado esa historia de la tecla que faltaba, que seguramente el verdadero asesino también la conocía y la estaba utilizando para culparla. También le dijo que, si el payaso fuera ella, no la habría esperado allí con Nando, que hacía esfuerzos para mantener los ojos abiertos.

—Si fuese el asesino lo habría matado, Ángela. ¿No te das cuenta de que está jugando con nosotros?

Sí, claro que se daba cuenta, pero Ángela ya no sabía en quién confiar. Solo ponía la mano en el fuego por Nando.

—Vámonos —le pidió a su novio, colgándolo de sus hombros.

—No, por favor —les rogó Laura.

Si se marchaban, se quedaría sola en ese bosque, a expensas de que el verdadero asesino la encontrara. Eso fue lo que les dijo, con voz temblorosa. Intentó acercarse a ellos, pero Ángela no bajó el martillo ensangrentado. Sabía que si se estaba equivocando y Laura moría en ese bosque una parte de ella sería responsable. También sabía que no podía arriesgarse a equivocarse de nuevo. Si en la Complutense no hubiera dudado tal vez el final habría sido diferente.

—Lo siento —le dijo a Laura, mientras se adentraba con Nando en el bosque, alejándose de ella.

Siguieron escuchando durante unos metros los gritos de Laura pidiéndoles que no la abandonaran. Ángela intentó ensordecerlos mientras casi arrastraba el cuerpo de Nando, apoyado en sus hombros.

—Aguanta, por favor —le pedía Ángela.

Se hacía más pesado según iba perdiendo la vida. Ángela sola no era capaz de caminar arrastrándolo sin tener que detenerse cada pocos pasos para recuperar el aliento. Le castañeaban los dientes mientras intentaba orientarse en la oscuridad del bosque, todo parecía llevarlos hasta el mismo escenario negro. Tenía la sensación de que estaban atrapados en arenas movedizas. Lanzaba miradas fugaces tras ella, por si Laura los seguía. Hasta que su cuerpo se quedó congelado. En uno de los árboles había una máscara de payaso. Encontró otra en el tronco que quedaba al lado, y en el siguiente, y en el de atrás. Todos los árboles tenían máscaras de payaso asesino que en la oscuridad parecían tener cuerpo. La coulrofobia golpeaba el corazón de Ángela, acabaría por arrollarla. Lo hizo por un segundo, en el que todos esos monstruos iban a atraparla. Se le cerró la garganta y el aire dejó de llegarle a los pulmones. Nando no podía ayudarla, estaba tirado a su lado, con los ojos entornados. Si ella no conseguía superar el miedo, moriría. El centenar de payasos que su mente había creado les rodeaban, lanzando carcajadas demoniacas que olían a azufre.

—No es real, no es real, no es real.

Lo repitió con los ojos cerrados hasta que dejó de oír las risas. Cuando los abrió, habían desaparecido.

En cambio, Laura estaba solo a unos metros de ellos, observándolos como un animal nocturno. Ángela sacó fuerzas de flaquezas y tiró de Nando. Escapó de su amiga, ocultándose en la oscuridad del bosque frondoso. Cada vez lo era menos y sentía más cerca la humedad del lago. El zumbido de los mosquitos contaba que al fin iban a alcanzarlo. Apartó las últimas ramas y llegaron hasta el muelle, mucho más pequeño que el del campamento. Allí la noche era menos oscura. Había una cabaña, la del guardés, pero estaba cerrada y no parecía que hubiera nadie dentro.

—¡Socorro! —gritaba Ángela golpeando la puerta.

Desesperada, corrió hasta la barca motora anclada en el pequeño muelle. Las llaves estaban puestas. Al fin un golpe de suerte. Ayudó a Nando a subir a ella, repitiéndole que lo habían conseguido, que ya estaban a salvo y «te vas a poner bien, ya verás, mi amor». En la popa de la barca había una montaña de mantas. Ángela envolvió a Nando en una de ellas.

En realidad, no sabía cómo manejar la barca, pero giró la llave en el contacto y toqueteó los botones hasta que el motor se puso en marcha. Soltó el cabo que la unía al muelle y, de forma intuitiva, tiró de la palanca, que consiguió que se moviera. Sí, lo habían logrado. Al fin iban a marcharse del lago.

Mientras la barca se alejaba del muelle, Ángela vio a Laura mirándolos desde allí con frialdad. Sintió una punzada de culpa. Hasta que se dio cuenta de que no los miraba a ellos, sino a quien estaba detrás.

Había alguien más en la barca, escondido entre esas mantas. Se puso en pie y se acercó a Ángela y Nando por la espalda.

Era Prada.

Tenía un martillo en la mano. Y una sonrisa que contaba que era el payaso asesino. Disfrutó durante unos segundos de la sorpresa.

—¿Vamos a escribir el tercer acto? —le propuso a Ángela.

Y le dio un golpe en la cabeza con el mazo.

28

Unos días después de la muerte de Cruzado, Ángela fue a la capilla de la Universidad Complutense. Sabía que asistir al funeral de Cruzado solo haría que se sintiera más culpable, pero tenía que hacerlo. Al entrar, respiró el olor del incienso y de las velas. La luz penetraba a través de las vidrieras de colores, proyectándose sobre la cruz del altar. Desde el atrio, el rector daba un discurso, centrado en lo difícil que resultaba para la universidad afrontar la pérdida del profesor. Por encima de las filas de asientos asomaban cientos de cabezas. Alumnos, profesores y gente con puestos institucionales. También una mujer a la que Ángela reconoció. Era la misma de la fotografía que Cruzado tenía en su despacho, su esposa o exesposa.

—Tenemos que hablar —sorprendió a Ángela la voz de Eva, tras ella. Parecía nerviosa. Muy nerviosa.

—¿Qué pasa? —le preguntó Ángela, extrañada—. Espera a que termine el funeral.

No, tenía que ser ya, así que Eva la levantó del asiento, tiró de ella y la sacó de la capilla. Se aseguró de que el descansillo estaba vacío porque tenían que hablar de lo que había ocurrido, la broma del payaso asesino.

El chico que estaba sentado en el extremo de la fila de asientos se apartó para dejarlas pasar. Parecía muy afectado, aunque lo ocultaba detrás de unas gafas de pasta negra y puente recto, como las del escritor Arthur Miller. Aunque Ángela desconocía su identidad, ese chico era Prada.

No había llorado, pero porque era de los que nunca lo hacían. Además, sería algo raro para los que estaban allí, ninguno lo conocía. Cuando el acto terminó, se puso de puntillas para ver lo que ocurría en las primeras filas, en las que los más cercanos a Cruzado se daban el pésame unos a otros. Pensó en acercarse a su mujer y contarle quién era, pero abriría demasiadas preguntas que causarían problemas, así que eligió no hacerlo. Se puso el abrigo de paño y fue hacia la salida. Aún faltaban unas horas para que saliera el tren que le llevaría de vuelta a Barcelona, aunque tenía pensado aprovechar para escribir. En realidad, lo necesitaba. Se sentó en el jardín que rodeaba la Facultad de Letras. Antes de que pudiera sacar el cuaderno, se le acercó una persona que también había estado en el funeral.

—Eres Iván, ¿verdad? Bueno, todos te llaman Prada —le dijo, acercándose a él.

Sabía quién era él, y eso solo podía significar que era muy especial para Cruzado. Por eso le dio un abrazo y le dijo:

—Siento mucho la pérdida de tu padre.

Ángela abrió los ojos poco a poco. Tenía la boca seca, igual que la sangre que le había resbalado por las mejillas. Palpó la herida abierta en la frente que le provocaba un terrible dolor y no le permitía pensar con claridad. Intentó recordar qué había ocurrido, pero las imágenes en su cabeza parecían una película desenfocada. El golpe del martillo que la dejó inconsciente, Prada en la barca, Nando sin apenas aliento...

Estaba tirada en el suelo, así que intentó ponerse de pie, pero no lo consiguió a la primera. Agarrándose a las paredes, intentó descubrir dónde estaba. Conocía esa habitación en la que había un escritorio clásico, un par de sillas de cuero y estanterías forradas con libros. Parecía el despacho de Cruzado en la facultad, aunque era una reproducción casi exacta. Estaba construido con listones de madera y la decoración era de atrezo. Ángela estaba en el decorado en el que se rodaban *Los crímenes de la Complutense*, la serie basada en su novela. El escenario de sus mayores pesadillas.

Tiró del pomo de la puerta para escapar, pero estaba cerrado con llave, como cuando Cruzado la encerró. Golpeó la puerta pidiendo auxilio hasta que se abrió y entró Prada. Tenía los cristales de las gafas salpicados de sangre. En la mano llevaba el martillo con dos filos.

—¡Sorpresa!

Prada parecía sentirse orgulloso de haberla engañado. A ella y a todos sus amigos de la escuela a los que había asesinado.

—No puede ser —negaba Ángela con la cabeza.

—Claro que puede ser.

—Tú estás muerto...

—¡Otra vez has vuelto a picar en lo mismo, Ángela! —se burló de ella su alumno—. Esto es un homenaje a tu novela. ¡Virginia no estaba muerta! Y yo tampoco lo estoy. ¡Te la he colado!

Le hablaba acorralándola entre las paredes del despacho, escupiéndole con sus palabras llenas de entusiasmo el aliento ácido. Ella se palpaba los bolsillos buscando algo con lo que poder defenderse. Estaban vacíos, no tenía escapatoria.

—Supongo que estás deseando escuchar quién soy y por qué estás aquí —le hablaba Prada, disfrutando del momento—. Ya sabes que estas explicaciones siempre son algo decepcionantes y culebroneras, pero esto seguro que no te lo esperas.

Se detuvo un segundo para respirar y clavar sus ojos en los de Ángela, como si fueran puñales.

—Mataste a mi padre, Ángela.

Se lo repitió, aún con más rabia, apretando el martillo en

la mano. Deseaba clavárselo, pero tenía un final mucho mejor escrito para ella, y tenía que esperar para llevarlo a cabo.

—¿Tú padre? —preguntó Ángela, desconcertada.

—Cruzado era mi padre.

Ángela no sabía que su profesor había tenido un hijo, como casi nadie. Después de su muerte, salieron a la luz en prensa todos los detalles de su vida privada: los abusos a otras alumnas, el alcoholismo, las infidelidades, el divorcio... Ninguno de ellos contaba que Prada era su hijo.

—Digamos que soy un libro que mi padre escribió bajo seudónimo —le explicó, sin dejar de amenazarla con el martillo.

De joven, con una mujer con la que la relación no funcionó. Prada creció sin saber quién era su padre. Cuando lo descubrió, Cruzado le aseguró que su madre no le había permitido que se conocieran. No era cierto, pero Prada eligió creer esa historia.

—Todos se empeñaban en decirme que mi padre no me quería, pero era mentira —hablaba como si fuera un niño pequeño tratando de defenderse, aunque lo hacía armado—. Mi padre me quería tanto que me enseñó a escribir. Gracias a él soy escritor. ¡Y tú lo mataste!

Prada se lo gritó con rabia, escupiendo a la cara de Ángela, que, atrapada, intentó encontrar la forma de escapar.

—Fue un accidente, Prada.

—¡Y una mierda! Lo mataste, tú y tus putos amiguitos. Y lo vas a pagar, Ángela. Tu muerte ya está escrita. —Le lanzó a la cara las páginas escritas en la máquina de escribir, salpicadas de sangre—. ¡Que leas, zorra!

ÁNGELA, EL PAYASO ASESINO

Este es el último capítulo de mi nueva novela. En realidad, es la segunda parte de *Los crímenes de la Complutense*, aunque incluye un último giro que os hará dudar de todo lo que habéis leído hasta ahora.

Yo soy el payaso asesino. Y lo soy desde que todo empezó.

Mi primera víctima fue Cruzado. Murió porque yo mentí. Nunca intentó violarme. Fui yo la que quiso que me besara, me había enamorado de él. Me rechazó e inventé toda esa historia para vengarme de él. Convencí a mis amigos del club para que le hiciéramos la broma del payaso asesino. No fui yo quien asesinó en la Complutense, pero sí soy la creadora del monstruo que los mató a todos y que ahora ha vuelto a matar.

Necesitaba el argumento de mi segunda novela y no era capaz de encontrarlo. Ya sabéis que solo sé robar historias. Lo hice con Alicia cuando vivía en Carrión, con su madre, y volví a hacerlo al apropiarme de la que construyeron ella y Sebas en la Complutense. Convertí las muertes de mis amigos en un bestseller. No sabéis la presión que se siente después de eso, todo el mundo espera que vuelvas a escribir un éxito tan potente como el que te ha encumbrado. No podía defraudar a mis lectores, aunque a cambio tuviera que matar. Necesitaba un nuevo club, esta vez de escritores, un lugar apartado y un martillo. Podría echarle la culpa a la coulrofobia, es cierto que me hace perder la razón. Después de los crímenes de la Complutense y el juicio en el que me absolvieron, empecé a soñar que me colocaba la máscara del payaso y empezaba a matar. Mi psicoanalista dice que solo es una proyección de la culpa que siento por haber engañado a todos. Por haber señalado a un profesor que solo quería enseñarme a escribir. Y no son proyecciones, sino una realidad. Me he `puesto la careta del payaso asesino y he descubierto todo el poder creativo que otorga. No puedo dejar de matar.`

—Nadie creerá esa historia —dijo Ángela, sin ni siquiera terminar de leer el capítulo que Prada había escrito.

Pero el chico le sonrió como si conociera un secreto que ella creía que nadie más sabía.

—¿Estás segura, Ángela? Si buscas tu nombre en Google aparecen cientos de artículos y tuits que especulan que eres la asesina de esta segunda parte. Incluso hay quien cree que tú mataste a Bárbara Andrade.

Decían que era quien más necesitaba que volvieran los crímenes para tener otro éxito literario. Además, aportaban pruebas que ponían en duda parte de su testimonio en las muertes de la universidad. Incluso había vídeos virales en los que repetían en bucle lo que había dicho en su clase en la Escuela de Escritores:

> «Estoy esperando a que muera alguien para poder escribir la segunda parte».

Prada tenía razón, mucha gente iba a creer que esas páginas en las que Ángela se descubría como el payaso asesino las había escrito ella.

—¿Te acuerdas de lo que decía siempre mi padre? Escribir es reescribir.

Prada la obligaba a moverse en círculos. Cada vez que Ángela intentaba encontrar un hueco por el que escapar, la acorralaba aún más hasta que la tuvo atrapada contra el escritorio.

—Vamos a reescribir lo que ocurrió para que mi padre sea inocente y tú, alguien a quien defenestrar como hiciste con él. Lo único que hace falta para girar la historia es esta novela y unas cuantas pruebas.

Le mostró una de ellas en la pantalla de su teléfono móvil. En el vídeo se veía a Ángela clavándole el martillo a Unax hasta matarlo. Prada lo había grabado escondido entre los árboles. Había más vídeos que la convertían en culpable, como en el que amenazaba con una pistola a todos los que se encerraron en la cabaña del club.

—También tengo varios mails que le enviaste a tu psiquiatra contándole que soñabas con ponerte el disfraz del payaso asesino —le recordó Prada, con una sonrisa victoriosa—. Menos mal que me fui del encuentro antes de que se te fuera la olla para poder contar cómo mataste a mis amigos. ¿A que es un final redondo?

—Lo siento, Prada —le confesó Ángela, y lo dijo de verdad.

Era cierto que todos habían muerto por su culpa. También era ella el motivo por el que Prada se había convertido en un asesino y todos habían muerto en el campamento. De alguna manera, el payaso asesino sí era ella. Una parte de Ángela pensaba que merecía ese destino, acabar señalada como culpable y muerta. No le quedaban fuerzas para seguir luchando, aunque Prada le dio un motivo para encontrarlas: Nando seguía vivo.

—Te falta un último crimen, Ángela. El que hará que nadie dude de que tú eres la culpable. ¡Aún tienes que matar a tu novio!

Al oír aquello, su cuerpo recuperó la energía. Sus ojos buscaron con disimulo lo que necesitaba para escapar e ir a buscar a Nando. Lo encontró en la antigua máquina de escribir de la que Prada había sacado las páginas del último capítulo, de un tirón. Era la misma que Cruzado tenía en su escritorio, aunque eso no lo recordó hasta volver a estar allí porque ese escenario, después de lo ocurrido, siempre parecía difuminado en su cabeza.

—¿A que es un final redondo, profe? —le preguntó Prada, orgulloso de la novela que había creado.

Ángela optó por entrar en el juego de su locura para poder ganar el tiempo que necesitaba.

—No está mal, pero se te ha olvidado una cosa.

Sus manos, escondidas tras la espalda, palparon la máquina de escribir. Respiró aliviada al comprobar que era de hierro, como la de verdad que había en el antiguo despacho de Cruzado.

—¿El qué se me ha olvidado? —preguntó Prada, levantando una ceja, como hacía siempre que algo no le encajaba.

—Que yo maté al payaso asesino de la primera parte.

Y le golpeó con la máquina de escribir en la cara, con tanta fuerza que se le llenó al instante de sangre. Mientras Prada gritaba de rabia y dolor, Ángela aprovechó para escapar del despacho.

Salió al pasillo, idéntico al de la facultad en la que estudió. Los recuerdos de todo lo que vivió allí la golpearon de tal forma que se le hacía difícil saber si estaba en el presente o de nuevo en el pasado. Corrió, lanzando miradas fugaces tras ella.

—¡Ven aquí, zorra! —le gritó Prada al salir al pasillo.

Se sujetaba la cara, convertida en una mancha roja porque un ojo había estallado por el golpe de la máquina. Ángela trató de escapar abriendo una de las puertas que quedaba a un lado del pasillo, pero no llevaba a ningún despacho. Abría la pared con la que estaba construido ese escenario, en varias alturas. Ese pasillo estaba en la parte más alta, Ángela tuvo que agarrarse al pomo para no caer.

Siguió corriendo, perseguida por Prada, que cada vez ganaba más terreno. Una de las puertas la llevó hasta su antigua habitación de la residencia. Entró y bloqueó la puerta.

—¡No puedes escapar, Ángela! ¡El final ya está escrito! —le gritaba Prada, metiendo el martillo por el quicio de la puerta.

Pero sí consiguió escapar de su antigua habitación, por la ventana. Llegó hasta un nuevo escenario, el del corredor en el que desembocaba la inmensa escalera de la facultad. En su desembocadura estaba la imponente estatua del Quijote, con su afilada lanza. Ángela vio a un payaso asesino subir los últimos escalones, esperándola.

—Olvidé decirte que esta novela la hemos escrito a cuatro manos —le dijo Prada, que llegaba por su espalda.

Ángela ya sabía quién estaba debajo de la máscara del payaso asesino.

Laura.

29

Laura entró en el aula número trece con un ejemplar de *Los crímenes de la Complutense* bajo el brazo. Les había pedido a sus alumnos que lo leyeran, con la vista puesta en la visita de Ángela a la escuela, en solo unos días. Llevaba su cazadora de siempre, unos pitillos, unos zapatos con algo de tacón y una blusa que le daban la seriedad que necesitaba para que la clase la respetara. Encendió las luces, preparó el proyector y le pegó sorbos al café sin azúcar mientras esperaba a que los alumnos llegaran.

Una de las primeras en ocupar su sitio fue Bahía. Eligió una de las banquetas. En la escuela las aulas no tenían pupitres, sino mesas altas o sillones que le daban al centro un punto más bohemio. La influencer también traía el libro de Ángela, le había gustado tanto que las páginas estaban llenas de frases subrayadas. En cambio, Carola ni siquiera se había molestado en comprar la edición en papel. Decía que lo había descargado en el Kindle, pero Estefan estaba seguro de que su amiga lo había pirateado, que eso era lo que hacía con los libros que no le interesaban mucho. Rober también traía la novela, aunque aún no había terminado de leerla. Nerea sí y no le había parecido para tanto.

Ese grupo de siete iba a ser el de los escritores del retiro. Aún faltaba tiempo para eso, en aquella clase Laura no sabía quiénes serían los alumnos seleccionados de entre los más de treinta que acabaron llenando el aula. En realidad, uno de ellos sí estaba ya en la lista: Prada.

Se conocieron en el funeral de Cruzado, aunque Laura llevaba tiempo oyendo hablar de él. Desde que se enamoró de su profesor. A Cruzado lo conoció unos años antes, cuando ella era alumna en la misma escuela en la que ahora era profesora. Tenía futuro como escritora, así que lo raro hubiera sido que no acabara entre los elegidos para participar en un retiro de escritura de aquella promoción. Tuvo lugar en el campamento del lago de cristal, en las mismas cabañas en las que ahora escribía su venganza. En aquel retiro, Cruzado era el profesor invitado que guiaba a los alumnos para que escribieran. Laura lo conocía de sobra, era una eminencia en el mundo de la literatura. Desde que se saludaron, nada más llegar al campamento, la química entre ellos flotó en el aire. Eso a pesar de la diferencia de edad, y de que el profesor estaba casado. Cruzado deseaba estar a solas con ella, así que buscó una excusa para que se quedara en la cabaña del club después de la reunión con todos los alumnos.

—Me está viniendo muy bien estar tan lejos de todo, desconectado —le dijo Cruzado, al tiempo que buscaba las páginas de la novela de Laura.

Le había dicho que quería comentarle algo sobre lo que estaba escribiendo y le pidió que se reunieran a solas. En aquel entonces, Laura era una chica inocente que nunca había encontrado a alguien que de verdad le gustara. Cruzado era un hombre inteligente, atractivo y embaucador. Si tenía una relación no era responsabilidad de ella.

—Es un sitio ideal para olvidarse de todo —le dijo Laura, mirando por la ventana el lago que brillaba como el cristal.

—Eso es justo lo que necesito. Mi mujer y yo no estamos pasando un buen momento —le confesó Cruzado.

Ella dejó que le hablara de todo lo que había ocurrido en su familia, de cómo se sentía y de lo injusto que era la forma en la que su mujer le trataba. Podía parecer que solo estaba intentando darle pena para conseguir algo a cambio, pero Laura eligió creer que era un hombre atrapado en una vida que no le hacía feliz y que ella podía ayudarle a encontrar la salida. En aquel instante decidió que se iba a enamorar de él.

—Lo siento mucho —le dijo Laura.

Le llegó el olor de su cuerpo cuando Cruzado se sentó a su lado.

—Perdona, no tenía que habértelo comentado. Es que a veces me cuesta ver que eres una alumna, Laura. No sé, te veo tan madura...

No era la primera vez que decía esas frases, ni tampoco Laura era la primera alumna a la que Cruzado contemplaba como si fuera un cuadro. La boca de ella formó una sonrisa. Cruzado le puso una mano sobre la rodilla y se la acarició con los dedos, ascendiendo por su pierna. Laura volvió a sonreír, sus ojos parecían estar imantados. Y se besaron. No dejaron de hacerlo durante el tiempo que duró el retiro, encontrándose a escondidas en la cabaña del profesor para recorrer sus cuerpos.

Cuando tuvieron que volver a sus vidas, Laura eligió creer que su amante era un hombre atrapado en una vida que no le hacía feliz, junto a una mujer a la que no podía abandonar. Siguieron teniendo encuentros secretos, facilitados porque Laura se convirtió en su doctoranda. Cruzado dirigía su tesis, con la que ella aspiraba a convertirse en profesora universitaria. Las visitas de trabajo en la Complutense terminaban siempre en un hotel de sábanas blancas. También él pasaba temporadas en Barcelona, en la casa de Laura, con la excusa de que había alguien más a quien debía ver.

—Tengo un hijo —le confesó en uno de sus encuentros—. Su madre nunca me ha dejado ser su padre.

Tampoco era cierto, en realidad, él nunca había querido saber nada de Prada. Cuando el chico descubrió quién era, Cruzado eligió reconducir la situación para evitar denuncias que podrían salirle aún más caras. Mantenía una relación secreta con él, en la que le enseñaba a escribir, la moneda de cambio por tantos años de ausencia.

Laura descubrió la muerte de su amante por las redes sociales. Tras el golpe de ansiedad que le hizo gritar, trató de comprender lo que había ocurrido. Sabía que Cruzado bebía más de lo necesario desde hacía un tiempo, pero no quería suicidarse. Además, todo estaba a punto de cambiar. Su mujer había descubierto lo que había entre ellos después de que Cruzado tocara las teclas necesarias para que Laura se hiciera con una plaza de ayudante de doctor en la Facultad de Letras de la Complutense, con la excusa de que tenía que terminar la tesis y él era su director.

Cuando llegó a la universidad, la facultad estaba rodeada por las vallas de la policía. Acudió a su funeral, con los ojos rojos de tanto llorar, cubiertos con unas gafas oscuras. Desde el banco en el que se sentó vio a Prada.

Laura se sentó a su lado en los jardines que rodeaban la facultad en la que había muerto la persona que los unía. Al verlo de cerca, le recordó a su padre, tenían la misma mirada. También el olor le transportó hasta Cruzado.

—Tu padre era un hombre increíble —recordó Laura, destrozada por la pérdida—. Pero hay veces que eso no es suficiente para seguir luchando.

Laura estaba rabiosa con la mujer de Cruzado, para ella era la culpable de su muerte porque le había llevado a beber.

—Mi padre no se ha suicidado —dijo Prada, sin que cupiera un atisbo de duda en sus palabras.

Aún no sabía que Ángela y sus amigos eran los responsables de su muerte, faltaban unos días para que la verdad saliera a la luz.

Ni Laura ni Prada pudieron ir a testificar para defender la inocencia de Cruzado, ambos eran secretos de Cruzado que nadie más conocía (y ambos tenían mentes tan complicadas como la de la persona que los unía). Tuvieron que permitir que el mundo creyera que Cruzado era un violador y Ángela, una víctima, cómplice de un homicidio involuntario. Prada solo pudo defender a su padre en redes sociales, siempre con seudónimo. Laura intentó también limpiar su nombre en el mundo académico, pero terminó por renunciar a la universidad y esconderse en la Escuela de Escritores. Mientras todo aquello ocurría, se fueron cargando de rabia. Hasta que decidieron que la única manera de hacer justicia pasaba por llevar a cabo lo que Cruzado les enseñó a hacer mejor: escribir. Decidieron que escribirían a cuatro manos la novela con la que limpiarían el nombre de Cruzado y que condenaría a Ángela para siempre, haciéndola culpable de su asesinato al confesar que se lo inventó todo. Una segunda parte de la novela del payaso que esta vez sí la mataría.

Trabajaron juntos y tardaron mucho tiempo en encontrar una nueva historia que Ángela protagonizaría. Necesitaban un detonante para esa segunda parte y lo encontraron en la muerte de Bárbara Andrade. Una muerte tan salvaje como lo fue la de Cruzado que anticipaba el final de la historia: Ángela iba a morir. Escribieron una escaleta con la estructura, los crímenes de los que iba a ser responsable y buscaron un entorno proclive al terror. Eligieron el lago de cristal, tenía algo poético que todo ocurriera en el mismo lugar en el que Laura y Cruzado se habían enamorado. Solo les faltaba elegir a las víctimas, los nombres que estarían en el retiro para escritores del que Ángela sería la profesora invitada. De entre todos los alumnos que mostraron interés por participar en un retiro de escritores de terror, eligió para estar en ese club a los que se lo merecían.

Hizo la selección en aquella clase en la escuela dedicada a hablar de la novela de Ángela, en la que estaban los alumnos a los que más les interesaba el terror. Uno de los puntos a tratar eran los personajes del libro.

—¿Qué pensáis de Cruzado? ¿Víctima o culpable? —preguntó Laura.

Estaba en el centro de la clase, charlando con sus alumnos como si sus respuestas no estuviesen haciéndoles elegir entre vivir o morir.

—¡Cruzado era un cerdo! —escupió Carola, sin tener que pararse a pensarlo.

—También podría ser que Ángela mintiera y todo eso del acoso no pasó en realidad —dijo Prada.

Tenía que ocultar lo rabioso que le ponía que hablaran así de su padre. En realidad, fantaseaba con sacar el martillo que llevaba escondido en la mochila y matar a golpes a Carola. Lo único que podía hacer era llevarle la contraria, pero porque él siempre se mostraba en contra de Ángela en ese debate. Era parte del personaje que había creado con Laura. Estaba en la Escuela de Escritores sin que nadie más que ella supiera quién era en realidad, interpretando siempre un papel.

—Una chica no miente con algo así, yo la creo —se unió Bahía a la defensa de Ángela—. Ese tío se aprovechó de su situación de poder. Se merecía lo que le pasó.

Laura escuchó con un gesto de interés mientras escribía algo en su cuaderno con una pluma dorada que tenía las iniciales de Cruzado grabadas.

—El típico heteruzo señoro. Lo mejor del libro fue cuando murió —añadió Nerea.

—Ya estamos con las feminazis... —bromeó Prada, que había roto el lápiz por la mitad.

—¿De qué vas? No es cosa de tías, a mí también me parece un cerdo. Es un abusador —dijo Rober, despreciando a Cruzado.

—Que sí, aliado —siguió Prada, burlándose.

Laura dejó que el debate fluyera, tomando notas en su cuaderno mientras los alumnos intervenían.

—A ver, que esto no admite debate. Ese tío tenía todo un historial de abuso —recordó Estefan—. ¿De verdad crees que eso tiene alguna justificación?

—No lo justifico. Solo digo que con el tiempo igual se

descubre que las cosas no fueron como nos han contado —le respondió Prada.

—Me parece de coña que estemos poniendo en duda el testimonio de la víctima —protestó Bahía, ofendida.

Laura intentó desviar el foco de la conversación para salir de la polémica buscando la participación de los alumnos que menos habían intervenido.

—Unax, ¿crees que esta historia puede tener otra vuelta de tuerca?

—Era un borracho —recordó, con desprecio en la voz—. Ya estaba muerto, le hicieron un favor.

El reloj marcó el final de la clase y los alumnos empezaron a recoger. Laura se despidió recordándoles que al cabo de unos días tendrían clase con Ángela. Se quedó a solas con Prada para revisar lo que había ido apuntando en su cuaderno:

Bahía
Carola
Estefan
Nerea
Unax
Rober

Eran los nombres de los que habían escupido sobre el cadáver de Cruzado, insultándolo durante la clase. Consideraban que Ángela solo era una víctima y que él merecía la muerte. Por eso ellos merecían ser las nuevas víctimas del payaso asesino.

30

Estaba atrapada, Ángela no tenía forma alguna de escapar con vida. Laura y Prada la habían llevado hasta lo alto de esa réplica de la inmensa escalera de su facultad. Querían que contemplara desde allí su penúltimo crimen: la muerte de Nando. El siguiente asesinato sería el que acabaría con ella. Iban a terminar de escribir la novela del payaso y ellos serían los únicos supervivientes. E iban a escribirlo todo.

—¿Por qué hacéis esto? —les decía Ángela, que intentaba no demostrar lo aterrada que estaba.

—Por todo lo que te hemos contado, pero, sobre todo, por placer —le aseguró Prada, orgulloso.

Quería que viera morir a su novio porque era tan perverso como los personajes y las historias que escribía. A Prada la sangre le excitaba sobremanera, desde siempre, aunque al matar había descubierto que era algo aún más especial. Disfrutaba rasgando la piel con el martillo y atravesando las vísceras. No sentía remordimientos ni culpa, solo placer. Provocar sufrimiento y dolor en las víctimas le llevaba a un estado de felicidad único que nunca antes había conocido. Matar se había convertido en su experiencia favorita. Sabía que después de todo lo que estaba viviendo podría escribir como nadie sobre el asesinato y la muerte. Eso le convertiría en un autor único en la historia de la literatura, a la altura de sus expectativas.

—Esta novela es terrorífica porque las muertes son reales. Los asesinos somos reales. ¡Es pura literatura!

—Ese discurso ya se lo escuché a Sebas —le escupió Ángela, al oír los motivos por los que quería abrirle la tapa de los sesos a su novio delante de ella—. ¡Estás tan loco como él!

—Ángela, aquí la única loca que se medica eres tú —le recordó Prada, esbozando una sonrisa demoniaca.

Ese era el argumento que Laura y Prada iban a utilizar para justificar la matanza del lago. Querían que todos creyeran que la había protagonizado Ángela, que ella era la asesina, y sabían cómo convencerlos.

—Al dejar de tomar las pastillas para la coulrofobia, Ángela perdió la razón y mató a todos sus alumnos. Menos a la profesora, Laura, que la dio por muerta —hablaba Prada, como si estuviera leyéndolo en una novela—. Y luego aprovechó que el plató de su serie estaba cerrado para colarse y acabar en ese escenario del pasado con su novio. Qué loco, ¿verdad?

Iban a justificar que todo terminaba allí contando que Ángela vivía obsesionada con su pasado y quería quemarlo para olvidarlo y desprenderse de él. Que el plató ardiera era una forma simbólica de conseguirlo. Nando era parte de ese pasado. Por eso, mientras le relataba cuál iba a ser su futuro, Prada lo empapaba todo con bidones de gasolina.

—Todo eso lo escribiré en una novela terrorífica basada en hechos reales, Ángela —le contaba Prada, que se mostraba orgulloso como un artista al terminar su mayor obra—. Una continuación de tu libro en el que ahora tú serás la asesina.

Prada terminó de calar la escalera de combustible. Se acercó a Ángela con el bidón abierto.

—Gracias, Ángela.

Hizo una pausa antes de explicarle qué era lo que tenía que agradecerle:

—Me has convertido en un escritor del que mi padre estaría muy orgulloso.

Ángela intentaba mantenerse desafiante mientras su alumno la miraba a los ojos, sin dejar de sonreír. No podía dejarle ver el miedo que la comía por dentro. Hasta que Prada le lanzó un chorro de combustible que hizo que le ardieran los ojos del picor. Iba a quemarla viva, ese sería su final, pero antes quería que viera morir a su novio.

—Prada, trae a Nando.

Laura, que también lo había bañado todo en combustible, se lo ordenó a Prada, dejando claro que era ella quien estaba al mando y decidía qué paso debían dar en cada momento.

—Matarnos a nosotros no te devolverá a Cruzado —le dijo Ángela cuando se quedaron a solas, tratando de hacerla entrar en razón.

—Tienes razón. Aunque sí conseguiré que tú sufras.

Quería que viviera lo mismo que ella al perder el amor de su vida, ese sufrimiento que a ella aún le hacía despertarse gritando.

—¡Quiero que veas morir a Nando! ¡Que sientas el mismo dolor que tú me provocaste! —le gritaba con rabia, sin dejar de amenazarla con el martillo.

Laura deseaba que la persona a la que Ángela más quería muriera. Y que muriera de la misma forma que lo hizo Cruzado. Por eso Nando iba a caer desde lo alto de esa falsa escalera de la Complutense, para que la espada de la estatua del Quijote lo atravesara.

—Quiero que seas lo último que vean sus ojos, Ángela. Y que tú le empujes para que caiga.

Lo que de verdad quería era que sufriera todo lo imaginable. Después la mataría, ese era el final de la novela.

—En realidad, te estoy haciendo un favor, Ángela. No creo que puedas seguir viviendo con tantos cadáveres a tus espaldas. Eres el verdadero payaso asesino.

—No soy yo, Laura. Cruzado fue quien empezó todo esto.

Llevaba años culpándose cuando, en realidad, solo había sido una víctima. Al fin, Ángela lo había comprendido.

—Estás tan ciega que no eres capaz de ver que te enamoraste de un hombre que te engañó. Cruzado abusaba de sus alumnas.

Al escucharla hablar así, Laura apretó el martillo contra su cuello.

—¡Cállate! —le exigió con el martillo en alto —. ¡Te vas a lavar la boca para hablar de él!

Presionaba contra la piel los picos afilados del arma, despacio, haciendo sufrir a Ángela al crecer en ella el miedo a morir. Antes de que llegaran a atravesar la piel, llegó Prada. Estaba pálido.

—No está.

—¿Cómo que no está? —le preguntó Laura, imaginando lo que había ocurrido.

—No está, Nando ha desaparecido...

Nando despertó con los ojos tan hinchados por los golpes que apenas podía abrirlos. Tenía la cara amoratada como un cadáver. La herida de la pierna había dejado de sangrar, pero la piel a su alrededor estaba negra. Intentó ponerse en pie a pesar del dolor. Se encontraba en la antigua habitación de Ángela, en la residencia de la Complutense. Tenía los mismos muebles, los mismos libros en las estanterías y ropa similar en el armario. Tardó uno segundos en comprender que era una réplica del escenario que compartió con ella en el pasado, en el que se enamoraron. Estaba en el plató en el que se rodaba la serie basada en su historia. Prada le había dejado en esa habitación porque quedaba en lo alto de la inmensa nave, casi tocando el techo. El decorado era como una casa de muñecas en la que la cuarta pared no existía y en la planta más alta había esa habitación de Ángela. Prada se había encargado de apartar la única escalera que permitía llegar hasta allí arriba. El actor que interpretaba a su personaje subía a la habitación escalando por la fachada, justo como hacía Nando cuando su chica vivía en aquella residencia. Tuvo que escalar cientos de veces para poder dormir con ella sin que el conserje de la residencia lo descubriera. Y justo por eso Nando iba a lograr escapar.

La ventana de la falsa habitación de Ángela estaba a más de doce metros del suelo. Para poder bajar, Nando debía colocar los pies como si fueran garras en los mismos huecos de la fachada en los que lo hacía cuando descendía por la real. Podría conseguirlo si no estuviera herido, pero lo estaba y la pierna apenas le respondía. A pesar de eso, eligió arriesgarse. Sabía que Ángela también estaba en ese macabro escenario, sus gritos llamándolo fueron los que le despertaron. Se encaramó en lo alto de la ventana y comenzó el periplo para llegar hasta abajo. Los primeros metros pudo controlar el descenso, apretó los dientes para soportar el dolor y fue poco a poco descendiendo. Estuvo a punto de caer al encontrarse con que esa réplica de la fachada de la residencia no respetaba del todo la original y le faltaba un punto de apoyo que necesitaba. Encontró una forma de sustituirlo agarrándose a una de las vigas que sujetaban los focos, aunque unos segundos después cayó al suelo.

Solo le faltaban unos metros para llegar, así que el golpe no le quitó la vida, pero el dolor en la pierna se volvió aún más agudo. Tuvo que taparse la boca para no gritar, porque vio a Prada que estaba buscándolo.

—No puede ser —dijo el asesino, al descubrir que la habitación estaba vacía.

Cuando volvió a la escalera, Laura le ordenó que lo buscara por todas partes y que no esperara para matarlo.

—Pero no podemos matarlo de cualquier manera, ya escribimos su capítulo. Nando tiene que caer por la escalera y luego nosotros quemamos todo esto...

—¡Que lo mates! —le gritó Laura, cortándole.

Discutieron, por los nervios, al ver que las cosas no estaban ocurriendo como habían planeado. Se culparon el uno al otro. Ángela intentó aprovechar para escapar, pero solo consiguió que Prada encendiera el mechero y amenazara con quemarla. Y entonces Nando salió de su escondite.

Antes de que el asesino encendiera el fuego, Nando le abrazó por la espalda.

—¡No, Nando! —gritó Ángela, que imaginó lo que iba a hacer.

Y Nando se lanzó por el hueco de la escalera con el asesino abrazado. Sus cuerpos se golpearon con la barandilla mientras caían.

31

En solo unos segundos, las llamas del fuego convirtieron el decorado en un infierno. Fue Prada quien provocó el incendio al soltar el mechero antes de caer. Ese era su gran final, quemar la primera parte hasta convertirla en cenizas para que la nueva versión arrasara con todo lo que se había contado. No iba a renunciar a esa estructura perfecta que había creado, necesitaba poner en escena el final que tenía escrito, aun sabiendo que entonces él también moriría.

Ángela intentó bajar la escalera por la que Nando había caído abrazado al asesino. No pudo hacerlo, las llamas le cortaron el paso. El humo, que ya lo estaba envolviendo todo, la ahogaba al entrar en sus pulmones, abiertos por los gritos desesperados que daba:

—¡Nando!

Le respondió el crepitar del fuego. Se odió por ser incapaz de atravesar la cortina de llamas detrás de la que estaba Nando, vivo o muerto. Dejó de intentarlo cuando vio a Laura tras su espalda.

—¡Vas a morir! —le anunció, antes de intentar empujarla contra las llamas.

No lo consiguió, una de las maderas del decorado cayó ardiendo y obligó a la asesina a dar unos pasos atrás.

—¿Vas a volver a escapar, Ángela?

Sí, lo hizo, corriendo por los pasillos, rodeada de focos y

cámaras que parecían estar rodando sus últimos minutos de vida. Si no la mataba Laura, lo haría el fuego que hacía que las paredes cayeran. Cada zancada que daba se le hacía más difícil respirar entre la humareda. Se repetía en silencio que al menos Laura no podía encontrarla, aunque estaba tan desorientada que ya no sabía ni reconocer los escenarios en los que estaba. Tenía la sensación de estar encerrada en un pasaje del terror decorado con sus recuerdos del pasado. Una de las esquinas que dobló la llevó hasta la réplica de aquella aula en la que el club de lectura se reunía. Allí estaban las mismas sillas, colocadas en círculo, la misma pizarra y el mismo proyector. Estaba en marcha, en la pantalla podían verse vídeos de bromas de payasos asesinos. Al atravesar la clase, el haz de luz impactó en su rostro de tal forma que Ángela parecía que llevaba la máscara del payaso. El fuego llegó antes de que pudiera saber por dónde continuar en ese laberinto. También se acercaban los gritos de Laura, que no desistía en encontrarla, prometiendo que la mataría cuando lo hiciera. Ángela escapaba de ella, repitiéndose que alguien estaría en camino para apagar el fuego y ayudarla. Justo cuando sentía que no iba a poder escapar y que realmente esas serían las últimas líneas de la novela, encontró una puerta.

Era metálica, con una ventana de ojo de pez. Ángela pensó que al atravesar esa puerta saldría del set de rodaje y dejaría las llamas tras ella. Llegó a un pasillo que bajaba hacia las tripas del edificio. Lo recorrió lanzando miradas fugaces por encima del hombro, intentando abrir las puertas que quedaban a ambos lados. Una de ellas parecía llevar a la salida, pero Ángela no la atravesó. Ya no iba a escapar más.

Eso era lo que había estado haciendo desde que su vida se cruzó con la novela del payaso. Escapó para sobrevivir, y después había seguido escapando de todo lo que ocurrió. De los crímenes, de Alicia, de la posibilidad de que siguiera viva, de que todo se repitiera. Ni las sesiones de terapia, ni la medicación, ni los abrazos de Nando en mitad de la noche, cuando se despertaba gritando, habían conseguido que la historia cambiara. Estaba viviendo el mismo final.

—No voy a escapar más —dijo, apretando los dientes.

Abrió una de las puertas que quedaba a la izquierda en ese pasillo industrial. Un cartel contaba que era el almacén de vestuario. Dentro de ese espacio diáfano, en el que los percheros formaban pasillos, estaba el disfraz del payaso asesino, con su máscara demoniaca. Ángela lo contempló unos segundos y, al fin, eligió cambiar su destino.

Buscó en ese mismo almacén el arma del asesino. En una mesa estaban desplegados los martillos, esperándola. Todos parecían copias de plástico cromado, tan amenazantes como el real, pero sin fuerza. Por eso, al golpearlos se partían como si fueran de papel. Antes de que pudiera dar con algo con lo que defenderse, la luz se fundió. Se escuchó la puerta.

Laura ya estaba dentro.

Al fin, Ángela hizo lo que más le aterraba: vestirse el traje del payaso, colocarse su máscara oscura. Se preparó para escribir el último capítulo de esa novela de terror en la que estaba atrapada:

Me llamo Ángela. Voy a matar. Siempre he sido la protagonista de esta novela, pero mi papel era el de la víctima. Ahora voy a ser la asesina. Llevo puesto el disfraz del payaso asesino. Mis pupilas tardan unos segundos en acomodarse a la oscuridad, pero cuando lo hacen al fin puedo ver a mi víctima. Es Laura, y hasta hace solo unas horas creía que era alguien en quien podía confiar. Se mueve por la habitación con el martillo en la mano, llamándome y recordándome que tengo que morir porque este capítulo ya está escrito. He escuchado esas mismas frases antes. Escribir es reescribir y yo estoy reescribiendo el final de una forma que nunca imaginé que haría. En lugar de esperar agazapada, escondiéndome, hago que mis pasos suenen para que Laura venga a buscarme. Cuando se está acercando, le lanzo el carro con todas las falsas armas del payaso. Gano unos segundos al hacer que pierda parte del equilibrio. Le doy una patada en la espalda para que termine de caer. Pierde el martillo y me lanzo a por él. Se lo clavo en el hombro, la sangre me salpica la cara. Saco el martillo de su cuerpo, rasgando los músculos, y lo levanto para darle otro golpe, esta vez más mortífero. Iba a clavárselo en la cabeza, pero Laura gira el cuello antes y el martillo se clava en el suelo. Intenta convertirse en verdugo obligándome a quitarme de encima y recogiendo el martillo. Antes de que me lo clave, meto los dedos en la herida que le he hecho en el hombro y hurgo, haciéndola gritar más que en su vida mientras la sangre que salpica entra hasta en mi boca. Aprovecho su dolor para lanzarme a por su martillo, pero se ha mezclado con los falsos, también tirados por el suelo. No tengo muchas oportunidades; si el que elijo no es el correcto, seré de nuevo la víctima de esta novela. Laura también busca el arma de verdad entre todas las que están por el suelo. Las dos sabemos que la primera que la encuentre será la que sobreviva.

32

Ángela tenía los ojos humedecidos y el vello de los brazos erizado. Había leído ese poema que hablaba de ella cientos de veces, se sabía cada versículo de memoria, pero era la primera vez que escuchaba a Nando recitarlo en voz alta.

Estaban en la Casa del Libro de Gran Vía, en la presentación y lectura poética del primer libro de su novio. Se titulaba *Ángela* porque le dedicaba a ella los más de cien poemas que lo conformaban. Eso era lo que Nando había pasado tanto tiempo escribiendo, poesía, con tanta inseguridad que no se atrevía a confesárselo. No la había superado del todo, pero sí lo suficiente para hacerle llegar el manuscrito a su editora, Irene.

Unos meses después, estaban en esa sala de actividades de la inmensa librería, en la que no cabía un alfiler, hablando desde el escenario con Irene de todo lo que le había supuesto escribir un poemario.

—No ha sido fácil, para mí escribir tiene más de sufrimiento que de gozo —confesó Nando al público que le escuchaba con admiración—. Pero he tenido a la mejor escritora del mundo a mi lado.

Los ojos de Nando se alinearon con los de Ángela, que estaba de pie, en una esquina de la sala, para no llamar la atención. Era el día de su novio, no quería robarle el protagonismo, aunque todas las miradas se centraron en ella. Hubo comentarios en voz baja de los que conocían su historia. Algunos envidiaban la forma en la que se querían. Ángela intentó no sonrojarse, pero perdió.

La editora le recordó a Nando el miedo que tuvo al enfrentarse al proceso de escritura que le había llevado a no dejar que nadie leyese lo que tenía entre manos. Sin embargo, ahora que había publicado el libro, parecía haberse consumido.

—Últimamente he aprendido que no hay que dejar de hacer algo por miedo. El miedo te paraliza. Y yo quiero vivir.

Nando tenía quemaduras, cicatrices y heridas que serían para siempre, pero estaba vivo. Logró escapar del incendio en el que murió Prada. Él le había matado. Ángela también había matado para sobrevivir. Los dos eran supervivientes, pero también criminales y tenían que asumir que lo serían para siempre. Que siempre habría noches en las que Ángela se despertaría gritando, que tendrían que pasarlas abrazados hasta dejar de temblar, aunque todo eso ya no sería por el futuro, sino por el pasado. El miedo había desaparecido, pero el trauma no. Tal vez por eso los momentos de felicidad como el que estaban viviendo tenían una atmósfera de ensoñación. Ángela tenía ganas de pellizcarse para confirmar que era real, que estaba despierta y no en un sueño idílico.

Hubo un par de lecturas más, aplausos y agradecimientos. Después de eso, se formó la cola para la firma de libros que recorría toda la planta. Ángela vio con orgullo a su novio escribiendo dedicatorias, hasta que Irene se le acercó.

—Ya sé que hemos retrasado la fecha de entrega, pero ¿cómo va tu nueva novela?

—¿Cuál de ellas? —le respondió Ángela, sonriendo.

Había salido del bloqueo en el que se encontraba sumida desde hacía demasiado tiempo. Ya no sufría al sentarse frente a la página en blanco, tenía cientos de frases con las que llenarla. En ninguna de ellas había crímenes, sangre ni payasos asesinos. Toda esa historia había terminado, al fin. Ahora sabía que seguir viviendo en ella, esperando su continuación, fue lo que le había provocado el bloqueo.

—Estoy segura de que será una novela increíble —le dijo su editora, y le dio un abrazo.

Ángela iba a marcharse, llevaba el ordenador encima y tenía ganas de ponerse a escribir en alguna cafetería. Al pasar entre la gente topó con alguien que la estaba buscando.

—Novoa...

La agente de policía estaba en la librería, vestida de calle, aunque con esa coleta estirada que le otorgaba autoridad. Le sonreía, pero no parecía que hubiera ido hasta allí solo para saludarla.

—¿Cómo estás? Menudo éxito el de Nando...

—¿Va todo bien? —le preguntó Ángela.

Le respondió que sí, pero mintió. Se habían visto mucho las últimas semanas, Ángela y Nando tuvieron que explicarle lo que había ocurrido en el lago. Esta vez, todo fue mucho más fácil, ya no eran sospechosos. Nando había salido de esa lista ahora que Novoa sabía lo de la infidelidad con Laura, que explicaba aquellas horas vacías cuando ocurrió lo de la Complutense.

—Quería comentarte algo, pero quizás no sea el mejor momento —le dijo la agente, mirando a todos los que les rodeaban.

—¿Qué ha pasado? —insistió Ángela, que sabía que si la agente estaba allí es que era un asunto importante.

Novoa le habló en voz baja y de la forma en la que se hace cuando hay que dar malas noticias:

—Hay algo que no cuadra, Ángela...

—¿A qué te refieres?

—Tú siempre has dudado de si Alicia estaba viva o muerta...

—Y tú siempre has dicho que estaba muerta —le recordó Ángela, sorprendida por lo que insinuaba—. ¿Qué tiene que ver Alicia con esto?

Novoa se tomó unos segundos antes de contarle lo que había descubierto.

—¿Me firmas tu libro, por favor? —le preguntó a Ángela un chico con un ejemplar de *Los crímenes de la Complutense* en las manos.

—Claro, sí —dijo Ángela, aunque, en realidad, no quería hacerlo.

Se acercó otra persona con su libro, también para que Ángela se lo dedicara con una firma.

—Mejor ven mañana a mi despacho y lo hablamos —le propuso Novoa, al ver que se acercaban más lectores a saludarla.

Antes de que Ángela pudiera pedirle que esperara unos segundos, Novoa ya se había perdido entre la gente de la sala.

—¿No vas a escribir una segunda parte? Con todo lo que ha pasado en el lago... —le preguntó una de las lectoras.

Ángela le devolvió el libro firmado, después se disculpó y buscó un modo de escapar de allí.

Lo encontró en una puerta que quedaba a la derecha y que la llevó hasta el inmenso almacén de la librería. Palpó la pared y al final consiguió que se encendieran las luces. Rodeada de estanterías y montañas de libros, Ángela buscó en el bolso hasta dar con el móvil. Sabía que si Novoa quería hablar de algo importante ya estaría en los periódicos confidenciales, siempre era así. Abrió el buscador de internet, escribió «crímenes», «lago», «payaso asesino». Hizo clic en el primer resultado:

LOS INTERROGANTES DE LOS CRÍMENES DEL LAGO

Por Gema Bonnin

Hace solo unos meses el payaso asesino volvió a matar. Ángela Kuntz, la superviviente de los crímenes ocurridos unos años atrás en la Complutense, se ha visto implicada en una nueva serie de asesinatos ocurridos en un retiro para escritores. Junto a su pareja, Nando Blein, quien también sobrevivió a las muertes de la universidad y cuya inocencia estuvo en entredicho, Ángela participó como profesora en ese retiro, celebrado en un campamento del Pirineo, que terminó convirtiéndose en una matanza. Ocho personas fueron asesinadas en manos de Rafael Prada y Laura Martín, dos personas relacionadas con Cruzado, el profesor de la universidad que murió por la broma del payaso asesino que le hicieron Ángela y sus compañeros. Su móvil era la venganza, planeaban escribir una novela en la que Cruzado resultara inocente del intento de violación del que Ángela le acusó y que fuera ella la condenada en esta ocasión como autora de las muertes. Planificaron el encuentro de escritores para llevar a cabo sus crímenes siguiendo un esquema previamente establecido que habría concluido con la muerte de Ángela. Sin embargo, la conocida escritora del bestseller *Los crímenes de la Complutense* logró sobrevivir cuando los asesinos la trasladaron junto a su pareja al decorado en el que se rueda la adaptación de su libro. Los fragmentos del libro que escribieron los asesinos son una de las pruebas que corrobora el testimonio de los supervivientes, aunque fuentes anónimas han puesto en conocimiento de este medio uno de los principales interrogantes de la investigación.

En su intento por sobrevivir, la pareja formada por Ángela y Nando atravesó el bosque que separaba el campamento de un segundo muelle. Allí los esperaba Prada, uno de los asesinos, un camino que hicieron acompañados de Laura, la otra criminal, aunque aún no habían descubierto su verdadera identidad. El interrogante que la investigación se plantea gira en torno a la muerte de Carola Pérez. Según el estudio forense, la hora de la muerte de la víctima cerca de la cabaña principal del campamento fue a las 22:38. Las pruebas indican que fue una mujer la que la asfixió, lo que descarta a Prada como posible autor del crimen. Sin embargo, el testimonio de los supervivientes indica que, justo a esa hora, Laura se encontraba con ellos cerca del muelle en el que escaparon. La distancia entre ambos sitios supera varios kilómetros, lo que anula la posibilidad de que se separara de ellos para cometer su crimen. Tampoco Prada pudo hacerlo: las pruebas indican que lo hizo una mujer, pero además los estaba esperando escondido en la barca que quedaba aún a más distancia. ¿Quién mató a Carola Pérez?

Las primeras conclusiones de la investigación apuntan en la dirección de un tercer implicado, en este caso una asesina. Recordemos que el paradero del cadáver de Alicia Soria, principal autora de los crímenes de la Complutense, sigue envuelto en un halo de misterio. Desde que aquello ocurrió, no han parado de surgir teorías en internet que confirman que la principal asesina sigue viva.

En el momento de la publicación de este artículo, las autoridades competentes se han negado a ofrecer más explicaciones. La investigación de los ya bautizados como crímenes del lago continúa abierta. La pesadilla del payaso asesino puede que siga viva.

Cuando terminó de leer el artículo, Ángela temblaba de miedo. Una montaña de libros cayó a unos metros de ella.

—¿Quién está ahí? —preguntó, sintiendo el olor a azufre en la nariz.

Y la luz se fundió de golpe.

Con la respiración disparada, Ángela forzó los ojos para que vieran en la oscuridad. Oyó una risa demoniaca a su alrededor. Intentó convencerse de que todo estaba en su cabeza.

—No es real, no es real, no es real —se repitió, con los ojos cerrados.

Al abrirlos, Alicia estaba frente a ella.

Ángela gritó.

AGRADECIMIENTOS

Este nuevo club ha llegado a las librerías gracias a un equipo editorial que logró que la primera parte sumara cada vez más lectores. Gracias, Marta Bueno e Irene Lucas, por incluirme desde hace ya una década en vuestro club de escritores. Gracias también a Alicia Soria, y gracias infinitas a Javier Sanz por conseguir que Brutal Media quisiera convertir *El club de los lectores criminales* en una película. Raimon Masllorens, Pio Vernís, Nélida Sánchez y Arlette Peyret, gracias por hacer de carne y hueso mis personajes. Carlos Alonso, gracias por dejarte la piel rodándolos; tienes el carné de socio número 1 del club.

Me dedico a la escritura gracias a mi madre, a mi padre y a mis hermanas, que me apoyaron hasta conseguir que mi pasión se convirtiera en mi profesión. Gracias a ellos tengo el trabajo más mágico del mundo, aunque también roba muchas horas de sueño. Nunca habría sido capaz de pasar las noches llenando las páginas de esta novela sin tener a mi lado a mi mujer, Marta, con la que estoy escribiendo la historia más importante de mi vida. Tampoco habría podido llegar hasta el último capítulo sin nuestro hijo, Gaspar, que siempre me despierta con una sonrisa. Nosotros tres sí que formamos un club.

Y gracias a ti por leerme una vez más.